______________________ ,

오늘도 좋은 일이 생길 거예요!

선생님, 오늘도 좋은 일이 생길 거예요

글 / 고성한 (괜찮아샘)

돌고 돌아 스물아홉에 교직에 입문한 11년 차 초등교사이다. 충남 홍성에 있는 한울초에서 근무하고 있으며, 브런치에 '괜찮아샘'이란 필명으로 글을 쓰고 있다. 필명처럼 힘든 일이 있어도 마음이 상해도 항상 괜찮은 척하며 살았다. 제대로 표현하며 사는 것이 나를 위해서도 또 나를 둘러싼 다른 사람들에게도 좋다는 것을 알았지만, 지금도 여전히 잘 표현하지 못한 채 괜찮은 척할 때가 많다.
스스로의 삶을 돌아보려고 글쓰기를 시작했고, 주변 사람들과 나누고 싶어서 블로그, 브런치, 월간 《좋은 교사》에 글을 게재하였다. 공감과 댓글을 통해, 비슷한 고민을 가지고 살아가는 사람들이 많다는 것을 알게 되었다. 비슷한 처지에 있는 사람들과 마음을 더 나누고 싶어서 그간의 글을 모아 책으로 출간했다.
《선생님, 오늘도 좋은 일이 생길 거예요》는 그렇게 만들어진 책이다. 글을 쓰며 나와 내 주변 사람들을 돌아보는 사이 스스로 마음이 정리되었던 것처럼, 독자들도 같은 경험을 할 수 있기를 소망한다.

그림 / 이영

대학에서 만화과를 졸업하고, 현재는 일러스트레이터로서 일상의 소소한 이야기들을 그림으로 그리고 있다. 귀여운 말썽꾸러기 강아지와 함께하는 산책 시간을 좋아하며, 사랑스러운 가족과 함께 소소하고 행복한 하루하루를 살아가고 있다.
그린 책으로는 《가늘고 긴 나무 빼빼》, 《마음이 말랑말랑》, 《버티고 있나요》 등이 있다.

초판 1쇄 발행 2022년 6월 17일
지은이 고성한
그린이 이영
펴낸이 이형세
펴낸곳 테크빌교육㈜
책임편집 이윤희 | **디자인** 어수미 | **제작** 제이오엘앤피
테크빌교육 출판 서울시 강남구 언주로 551, 5층 | **전화** (02)3442-7783(142)

ISBN 979-11-6346-151-7 03810
책값은 뒤표지에 있습니다.

테크빌교육 채널에서 교육 정보와 다양한 영상 자료, 이벤트를 만나세요!

블로그 blog.naver.com/njoyschoolbooks
페이스북 facebook.com/njoyschool79
티처빌 teacherville.co.kr
티처몰 shop.teacherville.co.kr
쌤동네 ssam.teacherville.co.kr
클래스메이커 classmaker.teacherville.co.kr

이 책의 무단 전재와 무단 복제를 금합니다.
잘못 만들어진 책은 구입하신 서점에서 교환해드립니다.

선생님, 오늘도 좋은 일이 생길 거예요

힘들어도 괜찮은 척
살아가는 모든 선생님에게

고성한(괜찮아샘) 글 · 이영 그림

테크빌교육

아이들을 사랑하고, 잘 가르치기 위해 최선을 다해 온 선생님의 일기이자 성찰의 기록입니다. 아이들을 어떻게 잘 도울 수 있을까, 어떻게 삶을 가르칠 수 있을까, 어떻게 좀 더 좋은 교사로 살아갈 수 있을까 고민하고 실천했던 선생님의 시간들, 그리고 아이들과 부대끼며 스스로 묻고 답하며 성찰했던 선생님의 사유가 고스란히 담겨 있습니다. 아이들과 만나는 이야기가 있어 읽는 재미도 있고, 선생님의 생각의 흐름에 읽는 사람을 머물게 하는 힘도 느껴집니다. 이 책을 읽게 되면 교사로 살아가는 한 사람의 삶이 주는 감동과, 교사의 삶에 대한 이해, 그리고 좋은 교사로 성장해 가는 길을 발견하실 수 있을 것입니다.

김영식 좋은교사운동 공동대표, 《대한민국 교육 트렌드 2022》 공동저자

물은 항상 수평을 찾아간다. 좌우의 격차가 생기면 늘 수평을 만들어 스스로 평온을 되찾는다. 하지만 교사는 그럴 수 없다. 아침에 오늘만은 평화로운 일상이 되기를 고대하지만, 끊임없이 찾아오는 예측 불허의 사건, 그 속에서 교사는 좌우로 상하로 흔들린다. 그래서 교사의 삶은 늘 위태롭다. 나를 잃어버린 채, 내

가 지금 어디로 가고 있는지도 모른 채, 그냥 흔들리며 걷고만 있다. 교사라는 규범에 나를 종속시킨 채, 가면을 쓴 채 홀로 울고 있다. 이런 교사의 삶에 고성한 선생님의 글은 참으로 값지다. 소소하게 적어 내려간 그의 따순 글에, 분주하기만 했던 일상이 물처럼 수평을 되찾고, 내가 교사로서 어떤 길을 걸어야 하는지를 조용히 일러 준다. 당위적인 말이 아니라 따뜻한 위로가 나를 교사로 다시 살아가는 시선을 준다. 참으로 오랜만에 글 속에서 봄 햇살 같은 '온기'를 느꼈다.

김태현 안양 백영고 교사, 좋은교사 수업코칭연구소 부소장, 《교사의 시선》 저자

고성한 선생님은 자신에게 생긴 여러 일과 사람을 글쓰기라는 눈으로 바라본다. 한 걸음 뒤에서 현상을 바라보도록 하여 심리적 안정감을 만드는 심리극의 거울 기법처럼, 선생님의 글쓰기는 자신을 위로하고 회복시키고 있으며 주변 사람을 다독인다. 그리고 그 과정에 생긴 이해와 통찰은 글을 통해 '괜찮아'라는 따뜻함이 잔잔하게 우리에게 전달된다. 이 책을 읽다 보면 그가 이미 좋은 교사이며 좋은 사람이라는 것을 알아차리게 될 것이다.

서준호 광주 효동초, 《그러니까 고개 들어》 저자

'공감'이라는 말을 들을 때마다 드는 생각이 있습니다. 내가 그 사람과 처한 상황이 다른데 이해는 하겠지만 과연 마음 깊이 공감할 수 있을까 하는 것입니다. 하지만 공감이라는 것은 듣는 이가 아니라 나누는 이의 용기 있고 진솔한 나눔에 동화되는 것이라 생각합니다. 그런 관점에서 고성한 선생님은 예전부터 진솔하게 자신의 삶을 나누며 긍정적인 걸음을 걷게 하는 힘이 있었습니다. 그래서 저는 선생님의 글이 학교 현장에서 좋은 교사, 좋은 스승으로 살기 위해 발버둥치는 선생님들과 그 선생님들을 이해하고 싶어 하는 학생, 학부모님들께 좋은 울림이 될 것이라 생각하여 이 책을 추천합니다.

김신철 CCCTIM 대표, 인천 석수초 교사

이 책에는 착한 남자 괜찮아샘의 살얼음을 걷는 관계, 상처, 만남이 있다. 스스로를 위로하고 격려하면서 이겨 나가는 교사의 삶을 적나라하게 보여 준다. 내 아픔의 문제를 디디며 건강한 관계를 맺기 위해 도전하고 용기를 낸다. 우리는 저자를 통해 교실 주변을 맴돌며 삶의 지혜를 배울 수 있다.

이세희 광주 송우초 교사, 《수업나눔 워크북, 교사의 성장을 꽃피우다》 공동저자

말 한마디에도 진심을 담는 사람. 누구나 하는 조언이 아닌 따뜻하지만 섬세한 위로와 격려를 하는 사람. 고성한 선생님의 책이 너무 기대되는 이유입니다. 저처럼 책 한 권 끝까지 읽기 힘들어하는 사람, 잡지 보듯 표지가 맘에 들면 꺼내 읽어 보는 사람에게도 추천합니다. 오랜 친구 같은 고성한 선생님의 책을 읽으며 오늘의 사색과 쉼을 누릴 수 있을 것입니다. 이 책에서 제가 특히 기억에 남는 문장을 적어 봅니다. "교사로 살면서 가장 소중한 순간은 언제였을까? … 아이들과 질문을 주고받으며 수업을 하는 순간, 그리고 쉬는 시간에 아이들과 소소한 대화를 주고받던 일상이 무엇보다 행복한 시간이었다."('가장 잊고 싶지 않은 순간' 중에서)

김현영 인천 조동초 교사

좋은 교사가 되고 싶지만, 좋은 교사는 나와 다른 특별한 사람이라고 생각하는 분들에게 추천하고 싶은 책입니다. 내가 너무 부족한 교사라서 느끼는 것이라고 생각했던 감정들이, 알고 보니 보통의 감정이라는 것을 알게 되었습니다. 이 책을 읽는 동안 작가의 꾸밈없는 솔직한 감정과 생각에 많은 선생님들이 공감하고 위로받을 것입니다. 그리고 마지막 장을 덮었을 때에는 좋은 교사가 될 수 있을 거라는 용기를 얻을 것입니다.

이효정 홍성 한울초 교사

고성한 선생님의 글을 읽으며 '선생'이라는 의미를 다시금 떠올렸다. 먼저 선(先), 날 생(生). 한자를 자세히 살펴본다면 선생은 '먼저 경험한 사람'이라는 의미다. 자신의 삶을 먼저 경험하고 깨달은 바를 전하는 사람, 그것이 선생의 진짜 의미 아닐까? 자신의 삶을 온전히 경험하고 글로 풀어낸 선생님의 글을 읽으며 때로는 미소가 지어지기도 하고, 때로는 고개가 절로 끄덕여졌다. 글 속의 이야기들 덕분에 아이들의 마음을 다시 들여다보게 되었고, 나 자신의 마음을 살펴보게 되었다. 좋은 교사가 되기 전에 좋은 사람이 되고 싶다는 선생님의 따뜻한 글과 시선이 위로와 공감이 필요한 다른 선생님들의 마음에 닿으면 좋겠다.

한혜원 서울 초등학교 전문상담교사, 《그렇게 말해주니 공부하고 싶어졌어요》 저자

고성한 선생님의 책을 읽는 내내 올해 초등학교를 졸업하고 중학생이 된 조카아이가 떠올랐다. 4학년 담임 선생님으로부터 알 수 없는 낙인이 찍힌 후 일 년 내내 마음고생 했던 조카. 다행히도 6학년 담임 선생님에게 인정과 사랑을 받아 모든 상처가 씻은 듯이 사라졌다. 지난겨울, 초등학교 졸업식에서 담임 선생님께 "제가 성공해서 명품 가방 사 드릴게요!"라고 했다던 조카를 보며, 선생

님이 한 아이에게 끼치는 영향이 얼마나 지대한지 깨달았다. 고성한 선생님의 '한 아이를 위한 마음'은 한 사람의 인생을 좌우하는 풋대가 되어 줄 것이다.

선량, 《당신도 골방에서 혼자 쓰나요》 저자

나는 초등학교 시절 선생님의 따듯한 말 한마디로 인생의 큰 변화를 경험했다. 그때 그 시절 선생님이 내 마음에 공감해 주시고 위로해 주셨던 기억은 지금도 생생하다. 이 책의 저자는 좋은 교사이기 전에 좋은 사람이 되고 싶다고 하며, 좋은 사람이 주는 선한 영향력의 가치를 이야기한다. 특히, 아이들과의 이야기를 통해 선생님이 아이와 함께 성장하고 있는 모습을 솔직하게 표현하고 있다. 저자의 솔직한 고민을 읽으면서 나의 삶도 비슷하다는 생각을 하게 된다. 저자의 따뜻하고 진솔한 이야기는 뭉클함을 주기도 하고 그저 끄덕이게 되기도 한다. 그리고 진실한 이해와 공감에 대해 진지하게 고민하게 된다.

"문밖에 멋진 세상이 있음을 알면서도 문을 걸어 잠그는 것은 어리석은 일이다. 멋진 세상을 먼저 발견한 사람이 문을 활짝 열고, 주변 사람들에게 멋진 세상에 대해 알려 줘야 한다."('한 아이를 이해하는 출발점' 중에서)

이 책을 읽는 모든 사람들이 각자의 자리에서 멋진 세상을 발견하는 기회가 되기를 희망한다. **고기증** 사회복지법인 굿네이버스 아동권리사업팀장

저는 이 책을 읽으면서 다양한 감정들을 느꼈습니다. 선생님께서 그동안 어떤 학생들을 만나셨는지, 또 얼마나 힘드셨는지 알게 되었기 때문입니다. 저는 이 책을 장래 희망이 선생님이거나 고성한 선생님을 알고 있는 분들에게 추천합니다. 장래 희망이 선생님이신 분들은 많은 걸 배우고 깨달을 수 있을 거라고 생각합니다. 그리고 현재 선생님이신 분들은 학생들을 가르치는 입장에서 많이 공감하고 이해하며, 감명 깊게 읽을 수 있으실 거라 생각합니다. 왜냐하면 이 책에는 고성한 선생님이 오랜 시간 동안 겪었던 많은 일들이 잘 담겨 있기 때문입니다.

손영주 덕산중 학생(고성한 선생님의 2021년 6학년 제자)

어린 시절부터 초등교사가 되고 싶었다.

어린 시절부터 초등교사가 되고 싶었다. 남들은 스물네 살에 이루었을 꿈을, 돌고 돌아 스물아홉 살이 되어 이루었다. 그 후, 매해 30여 명의 아이들을 만나서 일 년의 시간을 함께 보내고 있다.

초등교사만 되면 즐거운 일이 가득할 줄 알았다. 하지만 교직 생활은 생각보다 힘겨웠다. 아이들과의 관계, 학부모와의 관계, 동료나 상급자와의 관계 중 어느 하나 쉬운 것이 없었다.

2012년 3월에 신규 교사 발령을 받고 채 일 년을 채우지 못하고 휴직을 했다. 2013년 1월에 큰 병을 얻었기 때문이다. 휴직계를 내고 몸을 회복하는 시간을 가졌다.

그리고 2년 뒤, 건강을 회복하고 아이들이 있는 학교로 돌아왔다. 한동안 다시 신규 교사가 되어 좌충우돌, 고군분투했지만 이제 조금 안정이 되었다. 학교 업무도, 수업 준비도, 학생 지도도 제법 잘하게 되었다. 그럼에도 여전히 여러 관계 속에서 시행착오를 겪고, 원치 않는 상처를 주고받고 있다. 똑같은 시행착오와 실수를 반복하지 않고자 기록을 하게 되었고, 글을 쓰면서 마음을 어렵게 하던 문제들이 해결되고 교사로서 나의 자존감 또한 회복되는 과정을 경험했다.

글쓰기에는 힘이 있다. 과거에 가슴 아팠던 일도 글로 정리하고 나면, 빛나는 경험으로 바뀐다. 그동안은 스스로의 아픔을 회피하기 급급했지만, 글쓰기를 시작한 이래 삶을 대하는 태도가 바뀌었다. 놀랍게도 아픔을 마주하니, 이전처럼 고단하지 않았다. 잊고 있었던 아이들과의 의미 있었던 만남도 생생하게 되살아났다.

글쓰기와 관련된 책을 읽으면서 혼자만을 위한 글쓰기는 큰 의미가 없음을 깨달았다. 진정한 치유를 원한다면 글을 사람들 앞에 내보여야 한다. '괜찮아샘'이란 필명으로 '브런치'에 글을 공개했고, 월간 《좋은교사》에도 정기 연재를 하게 되었다. 독자들의 댓글을 통해서, 나의 글이 비슷한 아픔을 지닌 다른 사람들에게 힘이 된다는 것을 깨달았다. 그래서 이제는 책을 통해 교사의 삶을 깊이 만나 보기 원하는 더 많은 사람들에게 다가가려고 한다.

교육은 한 아이를 만나는 일이다. 모든 아이는 저마다의 가능성을 갖고 있다. 아이가 누구를 만나느냐에 따라서 그 가능성을 꽃피울 수도 있고, 그렇지 않을 수도 있다. 예전에는 모든 아이의 가능성을 꽃피워 주는 선생님이 되고 싶었다. 그러나 그럴 수 없음을 알게 되었다. 선생님이 주인공이 되어 아이들에게 다가가면, 역효과만 날 수도 있다.

과거에는 어떻게 하면 아이들에게 좋은 가르침을 줄 수 있을지 고민했다. 하지만 최근에는 생각이 크게 바뀌었다.

좋은 사람 옆에 있으면, 자연스럽게 긍정적인 영향을 받는다. 특별한 말이나 행동 없이도, 아이들의 내면에 긍정적인 힘이 전해진다. 그래서 최근에는 스스로가 더 좋은 사람이 되기 위해 노력하고 있다.

이 책에는 학교에서 살아남기 위해 끊임없이 고민했고 현재도 고심하고 있는 한 교사의 이야기를 솔직하게 담았다. 그 과정에서 만났던 빛나는 아이들과의 기억들도 모아서 담았다. 때로는 마음속 이야기를 이렇게까지 꺼내 놓아도 되는지 두려웠다. 하지만 꾸밈없는 솔직한 이야기가 스스로에게도, 또 다른 사람들에게도 의미가 있을 거라고 생각해서 가감 없이 풀어냈다.

기억들을 떠올리며 미안하고 또 고마운 사람들이 많았다. 가족들을 생각하면 더 그렇다. 기쁜 일이 있을 때뿐 아니라, 힘든 일을 겪을 때도 동일한 모습으로 곁을 지켜 주신 아버지, 어머니를 비롯한 가족들에게 감사의 말을 전한다. 가족이 없었다면 현재의 나도, 또 이 책도 없었을 것이다.

마음이 혼란스러울 때마다 공감해 주고 차분하게 조언을 해 준 사랑하는 아내 은정과 존재 자체만으로 힘이 되어 주는 딸 다솜이에게 고마운 마음을 전한다. 가까운 사람들에게도 차마 하지 못하는 마음속 깊은 이야기까지도 마음 편히 말할 수 있는 살아 있는 교사 공동체 CCCTIM, 특히 충서 모임 선생님들께 특별히 감사의 인사를 전한다.

혼자서만 어려운 일을 감내하며 살아온 줄 알았다. 그러나 지금까지의 삶을 반추하여 보니, 주변에 좋은 사람들과 의미 있는 일들이 참 많았다. 그들과의 만남 속에서 공감과 지지를 받았기에 여태까지 힘을 내며 살 수 있었던 것 같다. 이 책이 홀로 학교 현장에서 고민하고 있는 동료 교사들에게, 또 비슷한 고민을 하는 사람들에게 작은 격려가 될 수 있기를 소망한다.

마지막으로 기쁜 순간에도 어려운 순간에도 늘 곁에 계셨고, 새롭게 살아 낼 힘을 항상 공급해 주시는 하나님께 모든 영광을 돌려드린다.

고성한(괜찮아샘) 드림

차 례

2장

칭찬받고 싶은 선생님

3장

한 아이를 이해하는 출발점

4장

계획대로만 살 수 있을까

일러두기

이 책에 등장하는 교사, 학생, 학부모 등의 이름은 모두 필명입니다.

정말 아이들을 위한 일일까

1장

"힘들어도 괜찮은 척 살아가는
소심한 교사이지만 좋은 교사이기보다
좋은 사람이 되고 싶습니다."

1.

산소 같은 아이

"선생님, 안녕하세요! 작년에 6학년 8반이었던 영미예요. 다음 주 월요일에 미선이랑 같이 선생님을 뵈러 가려고 하는데, 괜찮으실까요?"

퇴근 후, 집에서 쉬고 있는데 휴대전화 진동이 울렸다. 작년에 우리 반이었던 영미에게서 온 메시지였다. '스승의 날' 전에 학교에 찾아오고 싶다는 영미에게 바로 답장을 보냈다.

"영미야 잘 지냈지? 연락해 줘서 반갑고 고마워. 너희가 찾아온다니 선생님도 참 반갑고 좋다. 다음 주 월요일에 미선이랑 같이 와. 근데 몇 시에 올 거야?"

"저희 중학교 개교기념일이라서요. 선생님 출근하시는 아침에 가도 될까요?"

"아침도 괜찮아. 그럼 8시 반쯤에 우리 반 교실로 오렴."

영미가 나를 보러 온다니…. 고맙기도 하고 놀랍기도 했다. 교사들끼리 재미 삼아 하는 말 중에, '산소 같은 아이'라는 말이 있다. 산소는 우리 눈으로 볼 수는 없지만, 생존을 위해서 꼭 필요하다. 마찬가지로 산소 같은 아이도 차분하고 조용해서 평소 눈에 잘 띄지는 않지만, 교실 안에서 꼭 필요한 아이이다.

산소 같은 아이. 영미는 바로 그런 아이였다. 평소 아주 조용했고, 내게 먼저 말을 거는 일이 거의 없었다. 그래도 제 할 일은 알아서 잘 했다. 졸업 후에, 용기를 내어 직접 문자를 보냈다는 사실도, 개교기념일에 일부러 일찍 일어나서 나를 찾아온다는 것도 놀라웠다.

담임교사를 맡으면, 활달한 아이들은 쉬는 시간마다 다가와서 이런저런 말을 건넨다. 특별히 묻지 않아도, 재밌었던 일이나 친구와의 다툼, 부모님과 관계 등에 대해서 자세하게 말했다. 그 아이들에 대해 자연스럽게 알게 있었고 친밀한 느낌도 들었다. 그러나 영미는 먼저 다가와서 말을 거는 일이 없었다. 지나가다가 가볍게 인사를 건네거나 말을 걸면, 배시시 웃기만 할 뿐이었다. 영미를 비롯한 산소 같은 아이들이 항상 고마웠지만, 구체적으로 고마움을 표현하지는 못했다. 생각해 보니 그게 늘 마음에 걸렸다.

나도 학창 시절에는 산소 같은 아이였다. 담임 선생님과 친하게 지내고 싶었지만, 내성적인 성격 탓에 감히 다가가지 못했다. 그저 수업 시간에 집중해서 잘 듣고, 친구들 간에 큰 문제 일으키지 않고, 학교에서 맡은 일을 묵묵히 할 뿐이었다. 마음속으로는 선생님을 지지하고 존경했지만, 선생님의 관심은 특출한 모범생 또는 말썽꾸러기 아이에게 있어 보였다. 선생님의 관심을 받고 싶었지만, 모범생이 될 자신도 없었고, 그렇다고 억지로 사고를 칠 마음도 없었기에 교실 속에서 산소처럼 지냈다.

학창 시절을 그렇게 보낸 탓에, 교사가 된 후에도 나와 비슷한 성향의 조용한 아이에게 마음이 많이 갔다. 특별히 대답을 길게 하지 않아도, 조용한 아이들에게 꾸준히 말을 걸고 관심을 보였다. 산소 같은 아이들은 대개 씽긋 웃을 뿐 별 반응은 없었다.

'내가 무심한 듯 건넸던 말들이, 영미에게 의미가 있어서 다행이다.'

담임교사는 교실 안에서는 나름 영향력이 있기에, 학급 아이들에게 주목을 받는다. 그런데 1년이 지나고 아이들이 진급을 하면, 이전 학급의 교사는 아이들의 우선순위에서 밀려난다. 나아가 졸업을 하면 초등학교 시절의 담임교사는 자연스럽게 기억에서 멀어진다. 이런 상황을 잘 알고 있기에, 졸업 후에 찾아오는 아이들이 더없이 고마웠다.

일주일 후 월요일 아침, 출근했더니, 영미와 미선이가 우리 반 교실 앞에 서 있었다.

"언제 왔어?"

"8시 10분쯤이요."

"우아, 정말 일찍 왔다. 개교기념일인데 선생님 때문에 일찍 일어났겠네."

"네. 그래도 괜찮아요. 선생님, 스승의 날 축하드려요."

영미와 미선이가 꽃다발과 과자 한 상자를 무심히 내밀었다.

"선생님을 기억해 주고 이렇게 찾아와 줘서 고마워. 너희 덕분에 선생님이 힘이 난다."

영미와 미선이가 준 선물을 감사히 받고, 함께 교실을 둘러본 후 학교 곳곳을 돌아다녔다.

"1년 사이에 학교가 많이 변했어요."

"그렇지? 1년 사이에 아이들도 더 많아졌어. 새롭게 건물도 지었고."

"올해 선생님 반 아이들은 어때요?"

"음, 아이들은 물론 착하지. 그런데 솔직히 말하면 작년 너희들만은 못 해. 너희 같은 아이들은 다시는 못 만날 것 같아."

영미가 배시시 웃었다.

"너희를 보니, 작년 생각이 부쩍 많이 난다. 참 즐거웠는데…. 그건 그렇고 중학교 생활은 어때? 힘들지는 않아?"

그사이 말수가 부쩍 는 영미, 미선이와 한참이나 대화를 나누었다.

"선생님, 이제 수업하셔야죠? 저희는 이만 갈게요."

"그래. 정말 고마워. 참, 선생님이 작년부터 계속 글 쓰고 있다고 했잖아. 혹시 기억하니?"

"네, 기억해요."

"만약에 그 글이 책으로 나온다면, 추천사를 부탁하고 싶은데. 너희의 응원을 받으면, 더 힘이 날 것 같거든."

"네, 좋아요. 선생님 글, 꼭 책으로 나왔으면 좋겠어요."

영미와 미선이를 배웅하고 교실로 돌아왔다. 아침부터 졸업생이 찾아와 줘서, 어깨가 으쓱해졌다. 반 아이들에게 말했다.

"조금 전에 선생님 찾아왔던 언니, 누나 봤지?"

"네, 봤어요."

"너희도 내년에 졸업하고 나면, 스승의 날에 꼭 찾아와야 해!"

"그럼요. 당연히 오죠."

"어이구, 작년에도 다들 그렇게 말했어. 그렇게 말하고는 안 오더라. 너희는 꼭 약속 지켜야 해?"

아이들이 깔깔깔 웃으며 기쁘게 화답했다.

교사로 열심히 살려고 노력하지만, 아이들이 그 마음을 몰라주는 것 같아서 속상할 때가 종종 있다. 그런데 스승의 날에 기껴이 찾아와 준 영미와 미선이가 그 마음을 알아주고 격려해 준 것 같아 기뻤다.

제자를 남길 수 있다는 것은 교사만의 특권이 아닐까? 아이들에게 의미 있는 선생님으로 기억될 수 있도록, 아이들과 수업도 잘 하고 좋은 추억도 많이 만들 생각이다. 또 영미처럼 조용히 제 역할을 다하는 산소 같은 아이에게 말 한번 더 거는 일도 멈추지 않을 생각이다. 영미와 미선이가 나를 묵묵히 지지하고 응원해 주었던 것처럼, 나도 아이들을 지지하고 더 많이 응원해야겠다. 다시 한번 힘을 내서 아이들 앞에 서 본다.

2.

정말 아이들을 위한 일일까?

주말에 차로 동네를 지날 때였다. 놀이터에서 한 무리의 아이들이 신나게 놀고 있는 모습을 보았다. 어딘가 낯이 익어서 자세히 살펴보니, 우리 반과 옆 반 아이들이었다.

한쪽 구석에 차를 세우고, 아이들이 뛰어노는 모습을 한참 지켜봤다. 해맑게 웃으며 천진난만하게 뛰어노는 모습을 보니, 덩달아 기분이 좋았다.

'다들 점심은 먹고 노는 건가? 간식이라도 먹고 놀면 좋을 텐데.'

평소 교실에서 작은 사탕 하나에도 열광하던 아이들의 모습이 떠올랐다.

'그래. 신나게 뛰어노느라 배고플 텐데. 간식이라도 사 주고 가자.'

근처 마트에서 아이들에게 줄 간단한 요깃거리를 골랐다.

'아이들이 간식을 보고 얼마나 좋아할까?'

간식을 받아 들고 기뻐할 모습을 떠올리니 덩달아 신이 났다. 그러다 문득 간식을 사는 동안 모두 집으로 돌아갔으면 어쩌지 하는 생각이 들었다. 서둘러 놀이터로 향했다. 다행히 아이들이 아직 그 자리에 있었다.

"얘들아, 이거 먹으면서 놀아."

간식을 내려놓으며, 아이들의 반응을 예상해 보았다. 환호성을 지르며 '선생님 최고'를 외쳐 대지 않을까? 함성을 기대하며 조용히 고개를 들었다.

그런데 예상과 달리 마냥 기뻐할 줄 알았던 아이들의 얼굴이 잔뜩 굳어 있었다. 하나둘 조심스럽게 다가오더니, 간식을 받아 들고는 휙 사라져 버렸다. 고맙다는 인사조차 없이 모두 놀이터를 떠나버린 것이다.

놀이터에 남은 건 빈 과자 상자뿐이었다. 대가를 바라고 간식을 나눠 준 것은 아니었지만, 아이들의 반응이 차가워서 속상했다. 그냥 못 본 척 지나갈 걸 괜히 오지랖을 떨었나? 아무리 그래도 휴일에 담임 선생님이 직접 간식까지 사다 줬는데, 고맙다는 말도 안 하고 그냥 가다니….

집에 돌아가서도 좀처럼 서운함이 가시지 않았다. 아이들이 왜 학교에서처럼 간식에 열광하지 않았을까?

그러다 얼마 전 학교에서 박 선생님과 나눈 대화가 떠올랐다. 박 선생님은 교감 승진을 앞두고 있었다. 축하 인사를 건네고 이런저런 이야기를 하다가 박 선생님께 물었다.

"교감으로 발령을 받으면 가장 먼저 어떤 일을 하고 싶으세요?"

그가 대답했다.

"저는 개인적으로 밥을 많이 사는 교감이 되고 싶어요. 그래서 새로운 학교에 가면 먼저 선생님 한 분, 한 분과 저녁 식사 약속을 잡을 생각이에요. 한 분도 빠짐없이 일과 이후에 개인적으로 식사를 대접하고 싶거든요."

박 선생님이 미소를 지으며 말했다. 상상만 해도 기분이 좋은 것 같았다.

"박 선생님, 그런데 왜 모든 선생님들께 저녁 식사를 대접하고 싶으신 거예요?"

"이전 학교에 있을 때 같이 근무했던 교장, 교감 선생님과 퇴근 후에 밥을 자주 먹었었거든요. 밥을 먹으면서 허심탄회하게 대화를 나누니 친분도 생기고 좋았어요. 물론, 교감, 교장 선생님이 계산까지 하셔서 더 좋았던 거겠죠."

박 선생님이 껄껄껄 웃으며 기분 좋게 말했다. 자신이 이전에 관리자들에게 대접받은 것처럼, 선생님들을 대접하고자 하는 진심이 느껴졌다. 후배 교사를 위해 개인적으로 시간을 내고 돈도 써 가며 식사를 대접하겠다는 박 선생님의 생각이 멋지다고 생각했다. 하지만 대화가 계속될수록 왠지 모르게 마음이 불편했다. 모든 사람들이 상급자와 개별적으로 식사하는 것을 좋아하지는 않을 텐데 하는 생각 때문이었다.

그러나 차마 입 밖으로 꺼내지 못했다. 잔뜩 들뜬 박 선생님의 기분을 망치고 싶지 않아서, 조용히 우리 반 교실로 돌아왔다.

사적인 시간에 상급자와 만나는 일이 마냥 즐거울까? 물론 교감 선생님과 단둘이 식사하기를 원하는 사람에게는 의미 있고 즐거운 자리가 될 것이다. 하지만 그런 자리를 원하지 않는 사람에게는 곤욕스럽고 부담스러운 자리가 될 것이 분명했다. 그 사실을 박 선생님이 알지 못하는 것 같아서 안타까웠다.

상대방을 충분히 고려하지 못한 채 호의를 베풀려고 하는 사람은 비단 박 선생님만이 아니다. 퇴근 후에 상급자와 밥을 먹는 것은 불편해하면서 휴일에 담임교사를 만나는 일이 아이들에게 불편할 수도 있다는 생각은 왜 못했을까?

교사라고 아무 때나 아이들의 삶에 불쑥불쑥 개입할 수 있는 것은 아니다. 특히, 사적인 시간에 함부로 발을 딛는 일은 조심해야 한다.

'아이들을 동등한 인격체로 바라보았다면 내가 그렇게 행동하지 않았을 텐데.'

부끄러운 마음이 들었다. 내 입장에선 선의였을지 몰라도, 친구들과 재미있게 노는데 갑자기 담임 선생님이 나타났으니 얼마나 당황스러웠까. 아이들과 내가 친구는 아니기에 불편함을 느꼈을 것 같았다.

'먼발치에서 아이들이 신나게 뛰어노는 모습을 바라보는 것만으로도 충분했을 텐데.'

도움을 필요로 할 때 도와주는 것이 진정한 배려이다. 상대방의 상황이나 감정은 고려하지 않은 채 도움을 주는 것은 괜한 간섭이 될 수 있다.

아이들의 미적지근한 반응에 기분이 상했던 이유를 알 것 같았다. 그건 내가 대가를 바라고 간식을 주었기 때문이다. 그 행동은 기실 아이들이 아니라 나를 위한 것이었다.

학교 현장에서 아이들에게 도움을 주는 교사가 되고 싶다. 하지만 아이들 속에 섞여 생활하다 보면, 아이들을 위한 행동처럼 보이지만 실은 내 만족을 위한 행동을 할 때가 더러 있다. 내 말과 행동이 나 스스로도 족하고, 아이들에게도 족한 일이 되도록 조금 더 노력해야겠다.

3.

문제를 푸는 실마리

"안녕?"

오늘 아침도 서연이에게 반갑게 인사를 건넸지만, 별다른 반응이 없다. 서연이는 오늘도 변함없이 인상을 푹 쓰고 있었다. 미간을 찌푸린 채 입술을 굳게 닫고 고개는 삐딱하게 아래로 향해 있었다. 무엇보다 나를 힘들게 하는 것은 '나 당신 싫어요'라고 말하는 것처럼, 매섭게 노려보는 서연이의 눈빛이었다.

교실이라는 공간을 통해 매년 적게는 10명, 많게는 30명의 새로운 아이들을 만난다. 한 반에 다양한 성격과 외모의 아이들이 한데 모여 생활하는데, 그중 반 분위기를 좌우하는 아이들은 한두 명이다. 대부분의 아이들은 큰 문제 없이 하루하루 평범하게 잘 지낸다. 그런데 매년 학급 분위기를 흐리는 소수의 아이들이 있다. 그들을 찾아내고 발견하는 일은 어렵지 않다. 직전 학년에서 담임교사가 많이 힘들다고 토로한 아이는 더 그렇다. 그 아이들은 학기 초부터 표정이나 행동으로 '올해는 나예요'라고 직접 표현하기 때문이다.

매년 이 아이들이 얼마만큼 잘 적응하는지가 우리 반의 1년 분위기를 좌우하는 중요한 문제였다. 그들은 언제든지 문제를 일으킬 수 있는 시한폭탄과도 같았다. 그래서 항상 관심을 그들에게 두었다.

아이들을 만나는 첫날, 내가 항상 하는 일이 있다. 한 사람씩 앞에 나와서 자신을 소개하는 것이다. 아이들은 자신의 이름을 말하고 자기소개를 하고 친구들에게 하고 싶은 말을 했다. 나는 아이들이 충분히 준비할 시간을 준 후에 자기소개를 하도록 했다.

서연이의 차례가 되었다. 교실 앞에 선 서연이는 미동도 하지 않았다. 그 자리에 가만히 서 있었다. 30초… 1분… 3분…. 시간은 계속 흘러가고, 보다 못해 서연이에게 다가갔다.

"저… 원래… 발표… 못… 해… 요."

서연이가 희미한 목소리로 내 귀에 대고 조그마하게 말했다.

"처음부터 발표를 잘하는 사람은 없어. 자기 이름과 반갑다는 이야기만 해도 되고. 그건 누구나 할 수 있잖아."

나는 달래듯이 부드러운 목소리로 서연이에게 말했다.

이 사람은 내가 이야기를 하지 않으면 계속 나를 세워 놓겠구나 하는 생각이 들었던 것일까. 잠시 망설이던 서연이는 바닥을 내려다보며 개미처럼 작은 목소리로 읊조리듯 말하기 시작했다. 목소리가 너무 작아서 뭐라고 말하는지 잘 들리지 않았다. 하지만 더는 서연이를 밀어붙일 수 없었다.

"거봐. 잘할 수 있잖아!"

반 아이들이 모두 듣도록 일부러 큰 소리로 칭찬했다. 서연이 한 명으로 인해서 10여 분가량 지체되어 마음이 급했지만 괜찮은 척 넘어갔다. 첫날이라 어색해서 그렇겠지 하면서도 올해의 우리 반 요주의 인물은 서연이가 아닐까 생각했다. 이후 자연스레 서연이의 모든 행동에 눈길이 갔다. 서연이의 표정은 다음 날, 그다음 날에도 변함이 없었다. 아니, 오히려 더 심하게 굳어갔다.

3월 2일 이후로 서연이가 친구들 앞에서 발표를 할 일은 거의 없었다. 우선 서연이를 위해 10여 분을 기다려 줄 정도로 수업 시간이 길지 않았다. 모두 돌아가며 발표를 하는 경우가 아니라면, 서연이를 따로 지목하지 않았다. 시종일관 무표정한 얼굴로 앞을 노려보고 있는 서연이를 배려하고자 하는 마음도 선뜻 생기지 않았다.

급식실에서 점심을 먹을 때 서연이가 내 앞이나 옆에 앉는 경우가 있었는데, 그때마다 서연이는 밥을 먹는 둥 마는 둥 하다가 이내 자리에서 일어났다. 담임이 싫고 불편한가? 그래도 그렇게 싫은 티 팍팍 내는 건 아니지. 급식실을 황급히 떠나는 서연이를 따로 불러 이야기를 해 볼까 하는 생각도 들었지만, 이내 마음을 고쳐먹었다. 빙산 아래에 있는 서연이 문제를 굳이 수면 위로 끌어올리고 싶지 않았다.

수학 시간에 제자리에서 문제를 풀 때도 서연이는 도무지 미동도 하지 않았다. 미간을 찌푸린 채 멍한 표정으로 가만히 앉아 있기만 하였다. 다가가서 문제를 푸는 방법을 알려 주면 곧잘 문제를 푸는 듯했다. 하지만 그것도 잠시뿐이었다. 자리를 뜨면 멍하니 허공만 응시하는 일이 반복되었다.

의욕 없는 아이에게 무언가 억지로 하게 하는 일은 쉽지 않았다. 돌아오는 반응이 없어서 더 그랬다. 나는 덤덤하게 거리를 두거나 그냥 모른 척하며 서연이를 지나쳐 버렸다.

그러던 어느 날 미술 숙제로 그림을 그려 오도록 했는데, 서연이의 그림을 보고 깜짝 놀랐다. 온통 검은색으로 칠해져 있었기 때문이다.

'서연이는 어떤 마음을 갖고 있는 걸까?'

서연이의 마음은 자물쇠를 수도 없이 두르고 있는 상자와도 같았다. 어떤 일에도 의욕이 없는 모습은 어쩌면 세상을 향한 원망, 분노 같은 것이었을까? 불편한 마음이 들었다. 왜 그런지 집에 가서 곰곰이 생각했다. 서연이의 세상을 향한 분노는 내 마음과 닮아 있었다. 서연이는 그것을 표정과 행동으로 표현하고 있었고, 나는 괜찮은 척 살아간다는 것이 다를 뿐이었다.

'나도 힘들다고! 너만 힘든 줄 알아? 상처 없는 사람이 어디 있어! 너도 그냥 괜찮은 척하면서 지내라고!'

서연이에게 내가 이렇게 계속 외치고 있다는 것을 깨달았다. 결국 문제는 서연이가 아니라 나였다. 서연이를 바라보는 내 태도가 문제였던 것이다. 서연이를 볼 때마다 내 속에 방치된 분노와 원망의 감정들이 올라오는 것을 깨닫게 되었다.

내 안에 처리되지 않은 감정들이 서연이를 객관적으로 보지 못하게 하고 있었다. 돌아보면 나는 오랜 시간 내 감정은 외면한 채 남에게 맞추기만 하면서 살고 있었다. 그런 나에 비추어 서연이에게도 똑같이 행동하라고 내심 강요하고 있었던 것이다.

이런 사실을 발견한 후 서연이를 다시 바라보게 되었다. 서연이는 마음에 아픔이 있을 뿐 평범한 아이였다. 남들보다 말수가 적고 의욕이 없는 것뿐이었다.

그날 이후로 서연이의 다른 모습들이 눈에 들어왔다. 체육 시간에 피구를 열심히 하는 모습이 보였다. 숙제를 빠짐없이 해 오려고 노력하는 모습도 눈에 들어왔다. 칭찬을 건네면 무표정하지만 내심 좋아하는 모습도 볼 수 있었다. 서연이를 바라보는 관점을 바꾸니, 아이의 행동 하나하나가 다르게 보였다.

문제는 결국 우리 안에 있다. 그렇기에 상대를 있는 그대로 바라보려면 스스로의 문제부터 돌아봐야 한다. 빨간 안경을 쓰고 상대방을 보면, 상대방이 온통 빨갛게 보인다. 마찬가지로 사람을 바라보는 우리의 틀에 문제가 생기면, 다른 사람을 본모습과는 다르게 인식하게 된다.

선입견을 가지고 아이들을 판단하기 전에 담임인 내 모습부터 돌아보려고 한다. 또한 아이들이 가진 문제를 지적하기 이전에, 내 안에 있는 문제부터 발견하고 해결하고자 한다. 그래야 아이들의 진가를 제대로 알아볼 수 있기 때문이다.

문제를 푸는 실마리도 결국 우리 안에 있다. 내 자신의 아픔을 직면하고 그 아픔을 먼저 해결하는 것이 건강한 관계 맺기의 출발선이다.

4.

상처 주는 교사는 되지 않기를

과학 수업을 마치고 실험 도구를 정리했다. 혼자 정리하기에는 양이 좀 많아서 아이들에게 도움을 요청했다.

"선생님과 같이 실험 도구 정리해 줄 사람 있나요?"

쉬는 시간임에도 선생님을 돕겠다며, 몇몇 아이들이 교실 앞으로 나왔다. 아이들과 함께 실험 도구를 챙겨서 조심스럽게 과학 자료실로 향했다.

"실험 도구가 깨질 수 있으니 조심하세요."

말이 끝나기 무섭게, 크고 날카로운 소리가 들렸다.

"쨍그랑!"

주변에 있던 아이들도 나도 깜짝 놀라 순간 얼어 버렸다. 정신을 차리고 살펴보니, 찬영이가 들고 있던 페트리 접시를 떨어뜨린 모양이었다.

"물기를 털어 내려고 흔들다가 그만…."

유리 조각이 여기저기 흩어져서 반짝이며 빛났다. 순간, 아이들이 깨진 유리에 다칠까 봐 걱정이 되어서 찬영이의 말이 끝나기도 전에 큰 소리로 말했다.

"가만히 있어!"

말 속에 날이 서 있었다. 갑자기 접시가 깨져서 당황스럽고 화가 났기 때문이다. 아이들이 가만히 멈춰 서 있는 사이 청소 도구를 가져와서 여기저기 흩어진 유리 조각들을 조심스럽게 쓰레받기에 쓸어 담았다. 깨진 조각들이 더 보이지 않자, 마음에도 여유가 생겼다.

그제야 우두커니 서 있는 찬영이가 눈에 들어왔다. 고개를 떨군 채 금방이라도 눈물이 쏟아질 것 같은 모습이 처량해 보였다. 찬영이가 조심스럽게 말했다.

"선생님, 정말 죄송해요."

진심이 느껴져서 안타까웠다.

"찬영아, 많이 놀랐지? 다친 곳은 없니?"

찬영이가 고개를 끄덕였다. 내가 말을 덧붙였다.

"네가 실수로 그랬다는 것 선생님도 다 알아. 누구나 실수할 수 있어. 괜찮아. 쉬는 시간인데도 선생님을 도우려고 하다가 생긴 일이잖아. 네가 다친 곳이 없는지 살폈어야 했는데, 버럭 큰 소리부터 쳐서 미안해. 갑자기 벌어진 일이라 당황스러워서 그랬어."

찬영이의 표정이 다시 환해졌다. 인사를 꾸뻑하더니 복도로 씩씩하게 걸어갔다. 문득 이런 생각이 들었다. 찬영이의 어두운 표정이 눈에 들어와서 다행이라고. 소리만 지른 채 찬영이를 그냥 돌려보냈다면 어땠을까? 선생님을 도우려다가 실수해서 공연히 다른 친구들 앞에서 망신만 당했다고 두고두고 속상해했을지도 모른다.

교사도 학생들 앞에서 실수할 때가 있다. 그런데 그 한 번의 실수가 아이의 마음에 오래도록 잊히지 않는다는 것이 문제다. 내가 중학생 때 학급에서 동급생 태민이와 사소한 문제로 말다툼을 한 적이 있다. 그때 갑자기 태민이의 주먹이 내 얼굴로 날아들었다. 순식간에 벌어진 일이었다. 연이어 태민이의 주먹이 내 얼굴로 향했다. 나는 무방비하게 그대로 맞을 수밖에 없었다. 태민이의 주먹질로 인해서 얼굴이 잔뜩 부어올랐을 때, 담임 선생님이 교실로 들어왔다. 억울하고 분한 마음을 억누르며 이렇게 생각했다.

'일방적으로 친구에게 맞았으니까 선생님이 태민이를 야단치시겠지?'

그런데 담임 선생님의 행동은 기대와는 달랐다. 선생님은 교단에 서서 우리를 차례로 훑어보았다. 그리고 우스꽝스러운 말투로 이렇게 얘기하는 것이 아닌가.

"눈탱이가 밤탱이 됐네?"

교실에 있던 모든 학생들이 책상을 치며 웃었다. 숫기가 없고 조용하기만 했던 나는 순간 굳어 버렸고, 아무 말도 하지 못했다. 집에 돌아와 그 일을 다시 떠올려 보니, 여러 가지로 억울하고 분했다. 잠자리에 누웠지만 쉬이 잠이 오지 않았다. 얼굴에 난 상처보다 담임 선생님이 던진 농담 한마디가 더 아팠다.

그가 던진 말 한마디가 20여 년이 지난 지금도 생생하다. 우리 반 담임으로서 교실에서 여러 다양한 모습들을 보였을 텐데, 그 말 한마디 말고는 도통 기억이 나지 않는다. 그건 교사인 그에게도 슬픈 일이 아닐까?

우리는 매일 많은 사람들과 다양한 대화를 주고받는다. 우리가 건넨 한마디로 상대방을 기분 좋게 만들 수 있다면 얼마나 좋을까? 하지만 자연스럽게 그런 말을 한다는 건 어려운 일이다. 좋은 말만 남발하는 것도 의미가 없다. 상대방의 상황을 고려해서 진정성 있게 한마디를 던져야 비로소 그에게 울림을 줄 수 있기 때문이다.

말로 다른 사람에게 긍정적인 영향을 주는 일보다 쉽게 실천

할 수 있는 일은 없을까? 곰곰이 생각해 보았는데, 좋은 말을 하는 것보다 상처가 되는 말을 하지 않는 것이 조금 더 쉬운 일 같다. 농담으로 상대방을 깎아내리고 싶어도 꾹 참으면 될 일이다. 그러면 말 한마디 때문에 상대가 오래도록 아파하는 일은 피할 수 있다.

매년 새로운 아이들을 만나고 아이들에게 다양한 말을 건네야 하는 교사들은 항상 이런 마음을 잊지 말아야 한다. 아이들에게 좋은 추억으로 기억되지는 못하더라도, 험한 말을 해서 상처를 준 선생님으로 기억되고 싶은 교사는 없을 테니 말이다.

일 년이라는 짧지 않은 시간 동안 아이들과 부대끼며 지내는 것은 의미 있는 일이지만, 한편으로는 부담스러운 일이다. 한 해 동안 담임이 생각하고 말하는 모든 것들이 아이들에게 고스란히 전달되기 때문이다. 선생님이 좋은 기분, 좋은 생각을 해야 아이들에게도 은연중에 좋은 말이 흘러가게 마련이다.

연차가 늘어 가며 깨닫는 것이 있다. 좋은 교사로 산다는 것이 결코 쉽지 않다는 것이다. 결국에는 좋은 사람이 되어야, 좋은 교사도 될 수 있기 때문이 아닐까? 좋은 교사이기 전에 좋은 사람이 되자고, 조용히 다짐해 본다.

5.

항상 주인공이
되고 싶지만

"선생님, 짝 활동 안 하면 안 돼요?"

나은이가 수업 시간에 흐름을 끊으며 뾰족하게 말했다. 나은이는 짝과 의견을 주고받는 간단한 활동마저 거부하며, 자주 마음을 긁어 놓았다. 학기 초, 쉬는 시간에 나은이에게 다가가는 친구들이 있었다. 그런데 나은이가 이렇게 말하는 것이 아닌가.

"너희들이랑 놀기 싫어."

나은이의 차가운 공언에 친구들도, 옆에서 지켜보던 나도 얼어붙어 버렸다. 나은이는 날카로운 말투로 친구들의 단점을 콕콕 지적하기도 했다.

"왜 그리 키가 작아?"

"눈이 짝짝이야?"

"너, 진짜 뚱뚱하다."

다들 나은이를 슬슬 피하기 시작했다. 나은이에게 몇 번 주의를 주었지만 소용없었다.

그러던 어느 날, 다른 학년의 최 선생님이 우리 교실로 찾아왔다. 긴히 할 말이 있다고 했다. 평소 개인적으로 교류가 없던 최 선생님의 방문에 조심스러운 마음이 들었다. 무슨 급한 일이기에 우리 교실까지 직접 찾아오는 거지?

"고 선생님, 내일 반에서 심폐소생술 교육하시죠? 교육 전에 미리 아셔야 할 이야기가 있어서 이렇게 찾아왔어요."

예상치 못한 화제에 이유를 가늠할 수 없어 당황스러웠다. 최 선생님은 차분히 이야기를 시작했다.

"몇 년 전에 나은이의 아버지가 집에서 갑자기 쓰러지셨대요."

"그래요? 나은이 아버지가요?"

"네. 그 자리에 나은이와 동생만 있었던 것 같아요. 다급한 마음에 나은이가 학교에서 배운 심폐소생술을 시도했다고 해요. 하지만 안타깝게도…."

자연스레 머릿속에 심폐소생술을 하는 나은이의 모습이 그려졌다. 그 작은 손으로 아버지를 살려 보겠다고 얼마나 애를 썼을지 생각하자, 안타까움을 넘어 진한 연민이 생겼다.

"심폐소생술 교육을 할 때, 나은이가 예민하게 반응하더라도 이해하세요. 작년에는 제가 사정을 미처 몰랐거든요. 심폐소생술만 제대로 하면 위험한 환자를 살릴 수 있다고 말했더니, 나은이가 버럭 화를 내서 깜짝 놀랐답니다."

그 말을 듣고, 나는 한참 동안 말을 하지 못했다. 나은이에게 있었던 일을 듣고 나니, 그동안 이해할 수 없었던 나은이의 행동들이 조금씩 납득이 되었다. 학교에서 배운 대로 심폐소생술을 열심히 했음에도 아버지를 살리지 못한 나은이의 마음이 어땠을지, 아버지의 숨이 잦아드는데 아무것도 할 수 없던 스스로가 얼마나 무력하고 원망스러웠을지를 생각하니 가슴이 아렸다.

나은이의 까칠함은 쓸모없는 심폐소생술을 가르쳐 준 학교와 선생님을 향한 분노 같았다. 그동안 나은이가 우리에게 보인 적대적인 태도 이면에는 큰 아픔이 숨겨져 있던 것이다. 나은이의 아픈 마음이 느껴져서 안타까웠다. 내가 나은이였다면 더한 행동도 하지 않았을까?

나은이의 아픔을 덜어 주고 싶어서 기회를 보아 조심스레 말을 건넸다. 하지만 늘 그렇듯 뾰족하고 모진 말들이 되돌아왔다. 집에 돌아와서 어떻게 하면 나은이를 도울 수 있을까 생각했다.

눈을 마주친다거나 말을 좀 더 많이 건다거나 간식을 준다거나 소소하게 꾸준히 관심을 기울였지만, 도통 나은이가 마음을 열어 주지 않았다. 결국 안타까움만 남긴 채 한 해가 지나갔다.

leeyoung

나은이가 진급을 한 후에, 가끔씩 복도에서 마주쳤다. 반가운 마음과 미안한 마음이 교차했다. 그리고 이제 시간이 훌쩍 지나 졸업을 해서 더 이상 볼 수 없지만, 때때로 생각이 난다.

'왜 그때 나은이의 문제를 해결하지 못했을까?'

이런 생각이 들 때면, 스스로 자책하는 마음이 들었다. 그 후로도 나은이처럼 문제를 안고 있는 아이들을 종종 만났다. 하지만 문제가 해결되지 않은 채로 진급을 하는 경우가 많았다. 결국 이렇게 인정할 수밖에 없었다.

'내가 모든 문제를 해결할 수는 없구나.'

젊고 혈기 넘쳤던 저경력 교사 시절에는 무엇이든지 다 할 수 있을 것 같았다. 말 한마디만 잘하면, 마음을 다쳤던 아이들이 완벽하게 회복될 것이라고 생각했다. 관심을 조금 더 가져 주면, 의욕이 없던 아이들도 학습이나 삶에 희망이 생길 것이라고 믿었다. 돌아보면, 참 오만한 생각이었다.

일 년간 아이들과 부대끼며 살아가는 담임교사의 영향력을 무시할 순 없다. 하지만 오랜 시간 쌓여 온 아이들의 문제가 하루아침에 완벽하게 해결될 리 없다. 또한 아이들이 마음을 열었을 때 해결의 실마리가 보이는 것이지, 내가 일방적으로 아이들의 마음을 열 수도 없는 일이다.

문제가 해결되려면 아이들이 마음을 여는 그 '때'를 잘 포착해야 한다. 하지만 그 '때'는 담임교사가 마음대로 정할 수 없다. 과거에는 항상 주인공이 되고 싶었다. 그래서 아이들의 삶을 변화시킬 수 있는 그 '때'를 잡으려고 발버둥쳤다. 하지만 아이들 앞에서 내가 모든 문제를 척척 해결하는 주연일 수는 없었다. 조연이거나 의미 없이 스쳐 지나가는 단역일 때도 있었다. 그 점을 인정하니, 아이들에게 좀 더 편안하게 다가갈 수 있었다. 단기간에 어떻게든 문제를 해결해 주려고 아이들을 재촉하지 않게 된 것이다.

지금쯤 나은이는 자신의 문제를 조금이나마 해결했을까? 나은이가 나은이의 때에 맞춰서 도움을 줄 수 있는 사람을 만날 수 있었으면 좋겠다. 그래서 과거의 아픔으로부터 자유로워질 수 있기를 간절히 소망한다. 다시 한번 나은이를 만날 수 있다면 이런 말을 해 주고 싶다.

"네 탓이 아니야. 더 이상 자책하지 마."

6.

공정하다는 것은

"지는 게 이기는 거야!"

차마 아이들에게 이 말을 할 수는 없었다. 우리 반 아이들의 어깨가 축 처져 있었기 때문이다. 입을 굳게 다문 채 고개마저 바닥으로 향해 있었다. 아무도 나와 눈을 마주치지 않았다. 체육 수업을 마치고 인사를 하는 둥 마는 둥 하며 아이들은 터벅터벅 집으로 돌아갔다.

"선생님, 옆 반이랑 피구 한 게임 하고 싶어요!"

아이들의 이 한마디로 급하게 반 대항 피구 시합을 추진했다. 옆 반 선생님과 아이들에게 협조를 구하고 체육관으로 달려가서 피구 코트를 그렸다. 피구 코트를 다 그렸을 때, 옆 반 아이들도 체육관에 도착했다. 지난번에 다른 반과 했던 피구 시합에서 이겼기 때문인지, 우리 반 아이들은 눈빛에서부터 강한 자신감이 느껴졌다.

갑자기 반 대항 피구 시합을 하자고 해서 옆 반 선생님 입장에서도 적잖이 당황스러웠을 것이다. 그럼에도 흔쾌히 응해 주어 고마웠다. 그래서 옆 반 선생님께 내가 심판을 맡겠다고 말했다.

사실, 심판은 부담스러운 자리이다. 눈 깜짝할 사이에 벌어지는 일을 정확히 판정해야 하기 때문이다. 정식 프로 경기와 달리 비디오 판독도 할 수 없기에, 오로지 믿을 것은 두 눈밖에 없다. 양측 아이들이 반발할 것도 미리 대비를 해야 했다. 판정하기 애매한 상황에서는 양측 아이들이 각각 자신의 편을 들어 달라고 할 것이 뻔하기 때문이다. 하물며 반 대항 경기에서 한쪽 반 담임교사가 심판을 보면 어떤 일이 벌어질까? 우리 반이 이기기라도 하면, 옆 반 아이들이 편파적인 판정 때문이었다고 우길 게 뻔했다. 잘해야 본전인 것이다.

경기가 시작되었다. 경기를 진행하며 애매한 상황에서는 가능하면 옆 반에 유리하게 판정을 내렸다. 대놓고 옆 반에 유리한 판정도 했다. 옆 반 아이들에게 편파 판정은 하지 않는다고 무언의 메시지를 보낸 것이다.

그러나 그럴 때마다, 우리 반 아이들이 종종 한숨을 쉬었다.

속상해하는 표정도 보았지만, 애써 외면했다. 이후에도 지속적으로 옆 반 아이들에게 유리하게 판정을 했다. 한편으로는 우리 반 아이들의 실력이 뛰어나기 때문에, 그렇게 판정을 해도 종장에는 우리 반이 이길 것이라는 확신이 있었다. 그런데 예상치 못한 일이 벌어졌다.

세트 스코어 1 대 1 동률에서 한 게임을 더 이기는 편이 전체 게임에서 승리를 하는 상황이었다. 남은 시간은 3분. 우리 반은 1명이 남아 있었고, 옆 반은 4명의 아이들이 남아 있었다. 우리 반 상훈이가 있는 힘껏 공을 던졌다.

옆 반 2명의 아이들이 공에 맞아 순식간에 아웃되었다. 이제 남아 있는 옆 반 아이는 2명뿐이었다. 1분의 시간이 남았다. 우리 반 상훈이가 다시 힘차게 공을 던졌다.

"팡!"

옆 반 아이의 옆구리에 공이 스쳐 지나갔다. 우리 반 아이들이 환호성을 질렀다. 하지만 옆 반 아이는 절대로 맞지 않았다는 표정으로 나를 빤히 쳐다봤다.

한쪽은 맞았다고, 다른 한쪽은 절대로 맞지 않았다고 주장했다. 사실 나는 옆 반 아이가 공에 맞았다고 생각했다. 하지만 결정적인 상황에서 우리 반에 유리하게 판정을 하는 것이 망설여졌다. 옆 반 아이들이 편파 판정이라며 반발할 것이 두려웠기 때문이다.

"너, 공에 맞았니?"

나의 물음에 옆 반 아이는 펄쩍 뛰며 자신은 절대 공에 맞지 않았다고 항변했다. 그렇게 잠시 시간이 흘렀다. 어떻게든 신속하게 판단을 내려야 했다. 가슴이 답답해졌다. 고심 끝에 옆 반 아이가 공에 맞지 않은 것으로 판정을 내렸다.

"삐삐~~~"

호각을 불고 경기 종료를 선언했다. 마지막 판정으로 승리가 결정되었다. 2 대 1로 옆 반이 승리한 것이다. 옆 반 아이들이 환호성을 지르며 기뻐했다.

옆 반 아이들이 결과에 대해 이의를 제기하지 않았듯 우리 반 아이들도 나의 판정에 대해 아무 말이 없었다. 옆 반 아이의 옆구리로 공이 스친 것을 보았기에 억울하고 분했을 텐데, 누구도 항의를 하지 않았다. 그날 우리 반 아이들은 축 처진 어깨를 하고 조용히 하교했다. 속상해하는 아이들의 모습을 보며, 깊은 생각에 빠졌다.

나는 언제나 다툼 상황이 벌어질 것 같으면, 스스로 손해 보는 쪽을 선택했다. 그러면 다툼을 피할 수 있기 때문이다. 스스로 먼저 포기해 버리면, 갈등 상황에 직면하지 않고 문제를 해결할 수 있었다.

"지는 게 이기는 거야."

어릴 적부터 주변에서 이 말을 많이 들었다. 안정적인 삶을 선호하는 탓에, 갈등 상황이 생기면 직면하기보다는 회피하는 쪽을 선택하라고 말씀하셨던 것 같다. 나 역시도 누군가와 싸우는 것이 싫었기 때문에 먼저 포기하는 것을 당연하게 생각했다. 하지만 그에 대한 고민은 늘 떠나지 않았다. 정말 지는 게 이기는 걸까?

회피하면 갈등 상황을 피할 수 있다. 하지만 대개는 일방적으로 손해를 보게 된다. 갑자기 이런 생각이 들었다.

'자신에 대한 사랑이 생략된 이타적인 삶은 위선이다. 나를 먼저 아끼고 사랑하는 것이 당연하고 우선적인 일 아닐까?'

회피는 상대방을 배려하는 게 아니다. 또한 회피는 나를 부정하는 일이기도 하다.

과거에는 혼자만 손해 보면 될 일이었다. 하지만 이제는 내 선택이 나뿐 아니라, 가까운 사람들에게도 영향을 준다. 학교에서는 우리 반 아이들이, 가정에서는 아내와 딸아이가 내 선택에 영향을 받는다.

갈등 상황에서 어떻게 해야 할까? 이제 갈등 상황이 오면 피하지 않고 맞서려 한다. 갈등 상황에서 주장을 하는 것이 잘못된 일이 아님을 알기 때문이다. 결과적으로 아이들이 나에게 새로운 가르침을 준 것이다.

학교에서는 끊임없이 배움이 일어난다. 나이도 많고 경험도 많은 교사가 아이들에게 일방적으로 가르치는 것 같지만, 사실은 교사와 아이들이 서로 함께 배우며 성장한다. 이번에도 아이들이 눈빛과 행동으로 가르침을 주었다.

"선생님, 갈등을 두려워하지 마세요. 직면하고 당당하게 맞서세요."

이제는 교단에 선 내가 아이들에게 삶으로 답할 차례이다.

7.

하기 싫어도
해야만 하는 일

"선생님, 쉬는 시간에 책 읽어도 돼요?"

우리 반 호성이가 물었다.

"그럼, 당연히 책을 읽어도 되지."

말이 끝나자마자 호성이는 책을 꺼내 들었고, 이후에도 짬만 나면 책을 읽었다. 그 덕분인지 아주 논리적이고 발표도 잘했다.

그런데 호성이가 유독 싫어하는 시간이 있었다. 바로 체육 시간이다. 체육 시간이 되면 다른 친구들은 활기차고 즐겁게 운동을 했지만, 호성이의 표정은 급격히 어두워졌다. 하루는 체육 시간 후에 호성이가 내게 물었다.

"선생님, 체육 꼭 해야 해요? 저는 운동하는 게 재미도 없고 싫어요. 책을 많이 읽는 게 운동을 하는 것보다 더 중요하지 않나요? 저는 운동은 안 하고 책만 읽고 살았으면 좋겠어요."

"책을 많이 읽는 것도 중요하지만, 운동을 꾸준히 하는 것도 못지않게 중요하단다."

답변이 흡족하지 않았는지, 호성이는 시큰둥한 반응을 보였다. 그 마음을 충분히 이해할 수 있었다.

발령 첫해, 교사 모임에서 선배 교사인 김 선생님을 모시고 특강을 들은 적이 있다. 주제는 '신규 교사에게 가장 중요한 것'이었다. 김 선생님이 우리에게 물었다.

"선생님, 교사 생활을 잘하려면 무엇이 필요하다고 생각하세요?"

교육과 관련된 책을 많이 읽는 것, 수업 준비를 잘하는 것, 동료 교사나 관리자와 관계를 잘 맺는 것 등 다양한 의견들이 나왔다. 그때 김 선생님이 다시 한번 질문을 던졌다.

"그렇죠. 말씀해 주신 것들 전부 중요하다고 생각합니다. 그 중에서도 가장 중요한 것은 무엇이라고 생각하시나요?"

이번에는 다들 선뜻 대답하지 못했다. 전부 중요한데 한 가지만 선택하기 어려웠기 때문이다. 그때 김 선생님이 말씀하셨다.

"제 생각에 가장 중요한 건 선생님의 건강인 것 같습니다. 선생님이 건강해야 학생들의 하루도 행복할 수 있으니까요. 그러니 선생님, 건강관리를 잘 하셔야 합니다."

내심 대단한 대답을 기대했던 나는 실망감을 감출 수 없었다. 건강이 중요하다는 건 물론 잘 알고 있었다. 하지만 당시 젊었던 내게는 크게 와 닿지 않았다. 그래서 특강 이후에도 줄곧 건강보다는 다른 것들에 우선순위를 두며 지냈다.

김 선생님의 특강 후, 한 달여의 시간이 흘렀다. 새내기 교사라 학교생활 하나하나가 버거웠다. 작은 학교라 기본적으로 업무가 많기도 했고, 일이 익숙지 않은 탓에 마무리하는 데 동료들보다 시간이 몇 배나 더 걸렸다. 그렇다고 아이들을 가르치는 일을 소홀히 하고 싶지는 않았다. 업무를 끝내고 지도서를 살펴보며 오랜 시간 수업 준비도 했다. 그러다 보면 어느새 퇴근 시간이 훌쩍 지나가 버리기 일쑤였다.

당시 우리 반 아이들은 순박했지만 기초 학력이 부진했다. 학습부진을 방치해 두면 안 될 것 같아서 몇 번이고 반복해서 같은 내용을 가르쳤다. 학교 업무도, 아이들을 가르치는 일도, 낯선 타지 생활도 어느 하나 녹록하지 않았다.

퇴근 후에는 헬스장에 가서 주기적으로 운동을 했는데, 어느 날부터 운동하는 시간이 아깝게 느껴졌다. 학교 일을 끝내고 운동을 하고 집에 가면, 하루가 다 지나가 버렸기 때문이다. 건강에는 자신이 있던 탓에, 운동 시간 대신에 나를 위한 시간을 더

갖겠다고 다짐했다. 그날부터 매일 하던 운동을 생략해 버렸다.

한참 시간이 흐른 후, 서서히 몸에 이상 증세가 나타나기 시작했다. 감기를 달고 살게 되었다. 감기에 한번 걸리면 1~2주 이상 지속되는 일이 반복되었다. 언제부턴가는 머리가 깨질 듯이 아픈 증상도 생겼다. 감기약을 먹어도 몸 상태가 좀처럼 회복되지 않았다. 어느 날은 하늘이 빙글빙글 도는 것 같아서 가만히 서 있기도 힘들었다.

몸이 좋지 않다는 이유로 주변 사람들에게 피해를 주고 싶지 않았다. 반 아이들이나 동료 교사들, 가족들에게도 일절 내색하지 않았다. 퇴근 후 집에 돌아오면 온몸에 힘이 없어서 한참을 그냥 누워 있었다. 학기 중에는 큰 병원에 갈 엄두를 못 냈고, 겨울방학이 되어서야 병원 진료를 제대로 받게 되었다.

어렵게 찾아간 종합병원에서 의사 선생님으로부터 청천벽력 같은 이야기를 들었다. 큰 병이 의심된다는 말이었다. 혈액검사 후에 급성 골수성 백혈병 진단을 받았다. 바로 무균실에 입원하게 되었다. 주변 사람들에게 피해 주지 않는 것을 철칙처럼 여겨왔지만, 2학기 마무리를 못한 채 그날부터 2년 동안 질병 휴직에 들어가게 되었다.

그때야 비로소 김 선생님이 특강 때 하신 말씀이 떠올랐다. 건강한 상태를 유지하는 것이 교사로 살아가는 데 무엇보다 중요하다는 것 말이다. 컨디션이 좋을 땐 마음에 여유가 있었다.

우리 반 아이들이 마냥 사랑스럽게 느껴져서 실수를 해도 너그러웠으며, 수업 분위기도 좋았다. 반대로 컨디션이 좋지 않을 때는 사소한 일에도 짜증이 났다. 평소라면 그냥 넘어갈 일도 괜히 거슬렸다. 그러지 말자고 다짐해도 그때뿐, 내 몸의 컨디션을 끌어올리는 일 외엔 달리 해결책이 없었다.

학교에 피해를 주고 싶지 않아서 아픈 몸을 부여잡고 일했지만, 그건 결과적으로 아이들을 위해서도, 나를 위해서도 옳지 않은 선택이었다.

운동선수가 최상의 컨디션으로 경기에 임해야 하는 것처럼, 교사도 마찬가지다. 이는 나를 위한 일이기도 하지만, 아이들에 대한 기본적인 예의이자 도리이기도 하다.

몸이 회복된 후, 아무리 바빠도 일주일에 두세 번은 규칙적으로 운동을 했다. 사실, 지금도 운동하는 걸 그렇게 좋아하지는 않는다. 가끔씩 운동을 꼭 해야 하나 하는 생각이 들 때가 있다. 딸 다솜이가 태어난 뒤로는 육아로 인해 여유 시간이 없어서 그런 생각이 더 강하게 들었다. 그럼에도 없는 시간을 억지로 만들어서라도 운동을 하려고 노력한다. 그 이유는 운동은 꼭 해야만 하는 일이기 때문이다.

하고 싶은 일만 하면서 살면 얼마나 좋을까? 하지만 삶의 균형은 하고 싶은 일만으로 이룰 수 없다. 때로는 하고 싶지 않은 일을 꾸준히 해야만, 하고 싶은 일도 즐겁게 할 수 있다. 운동을 통해 건강을 유지해야만, 교사로 행복하고 의미 있게 살아갈 수 있는 것처럼 말이다.

학교에 가서 호성이를 만나면, 운동과 건강에 대한 내 생각을 자세히 이야기해야겠다. 특강 때 내가 선배 교사의 말을 흘려들었던 것처럼, 호성이가 내 말을 흘려듣는다고 해도 말이다. 삶에서 깨달은 것을 학생의 눈높이에 맞게 반복해서 전해 주는 일도 교사로서 꼭 해야만 하는 일이다.

8.

돈이 최고일까?

"20년 후, 여러분은 어떤 일을 하고 있을까요?"

우리 반 아이들이 자신의 장래 희망을 발표했다. 사업가, 대기업 회장, 유튜브 크리에이터, 과학자 등 아이들의 수만큼 그 꿈도 다양했다. 그런데 왠지 모르게 아이들의 발표 내용이 허전해 보였다. 다시 한번 아이들에게 말했다.

"과학자가 되는 것도 물론 중요하겠죠. 그런데 구체적으로 어떤 과학자가 되고 싶은지를 말하면 더 의미 있지 않을까요?"

어려운 사람을 돕는 사업가, 아픈 사람을 치료하는 의사, 아이들에게 꿈을 심어 주는 선생님…. 아이들이 이런 꿈들을 말할 것이라고 생각했다. 그때 종배가 손을 번쩍 들었다. 조리 있게 발표를 잘하는 종배가 어떻게 말할지 기대가 되었다.

얼마 전에 뉴스에서 대학생 대상으로 진행한 설문조사 결과를 보도하였다. '10억을 받는 대신 교도소에서 1년 동안 지낼 수 있냐'는 질문에 대한 설문조사였다.

아무 죄도 없이 교도소에서 1년이란 시간을 보낼 만큼 10억이 가치 있을까? 대부분의 대학생들이 교도소에 가지 않겠다고 답했을 것이라고 생각했다. 그러나 조사 결과는 나의 생각과 달랐다. 51.39퍼센트의 학생들이 10억을 받는다면 1년 동안 교도소에 있을 수 있다고 대답한 것이다. 이런 조사 결과가 비단 대학생들만의 의견이었을까?

장래 희망을 구체적으로 발표해 보자는 말에 종배가 손을 번쩍 들었고 씩씩하게 대답했다.

"돈을 많이 버는 사업가요."

그러자 여기저기서 비슷한 대답이 터져 나왔다.

"돈을 많이 버는 대기업 회장이요."

"돈을 많이 버는 과학자요."

"돈을 많이 버는 유튜브 크리에이터요."

아이들의 꿈은 다양했지만, 그 앞에 붙는 수식어는 동일했다. 상당수의 아이들이 돈을 많이 버는 사람이 되고 싶다고 말한 것이다. 아이들의 답변은 곱씹을수록 씁쓸했다. 천진난만한 아이들의 모습과 '돈을 많이 벌고 싶다'는 말이 도무지 어울리지 않았기 때문이다.

물론 우리가 살아가는 데 돈은 정말 중요하다. 나도 돈에 관심이 있고, 또 돈에 관심을 갖는 사람들을 비난할 생각도 없다. 하지만 초등학생 시절부터 돈을 많이 버는 것이 인생의 최대 목표가 된다면, 그건 너무 서글픈 일이다.

초등학교 교과서에서는 어려운 이웃을 돕는 삶, 친구를 돌아보는 삶 등을 끊임없이 다룬다. 교과서에서 그런 삶을 반복적으로 보여 주는 이유는 분명하다. 아이들이 잠재적으로 그런 삶을 꿈꾸기를 바라기 때문이다.

반면에 교과서에서는 돈이 세상에서 가장 중요한 가치라고 말하지 않는다. 그런데 왜 아이들이 사랑, 배려, 우정 등 내면적인 가치는 아무도 말하지 않고, 외형적인 가치인 '돈'만 추구하는 것일까?

얼마 전, 사회 시간에 아이들과 함께 이태석 신부님의 삶을 살펴보았다. 그는 천주교 사제인 신부이면서 동시에 의학 공부를 한 의사였다. 의사로 살면 돈도 많이 벌 수 있고, 다른 사람들로부터 인정과 존중도 받을 수 있다. 그러나 그는 어려운 사람들을 돕기 위해서 아프리카로 홀연히 떠난다. 후에 암이라는 큰 병에 걸려서 귀국을 한 후에도 건강을 회복하여 아프리카로 돌아갈 날만을 꿈꾼다. 그는 어떤 마음을 갖고 살았을까?

교과서에서 이태석 신부 같은 분을 무수히 언급하지만, 아이들의 마음에는 크게 와 닿지 않는 것 같다. 왜 그럴까? 교과서를 통해서 만나는 그런 위대한 사람들을 우리 주변에서 만나지 못하기 때문인가? 교과서에서는 내면적인 가치가 중요하다고 이야기하지만, 아이들 주변에 있는 많은 어른들이 내면적 가치보다 눈에 보이는 돈을 가장 중요하게 생각하면서 살아간다.

아이들을 탓하기에 앞서 우리 어른들의 모습을 반성해야 할 것 같다. 물질만능주의 속에서 살아가는 우리들의 모습 말이다. 특히, 아이들 곁에서 많은 시간을 함께하는 어른인 나부터 반성해야 할 것 같다. 수업 중에 여러 직업을 소개하면서, '이 일을 하면 돈을 많이 벌 수 있어'와 같은 말을 반복했다. 이런 모습 또한 은연중에 돈의 가치를 상기시켜 주었으리라.

이제부터는 교실에서 내면적인 가치에 대해 더 많이 이야기하려고 한다. 내가 아니어도 돈 얘기는 아이들이 살아가면서 끊임없이 듣게 될 테니까 되도록 하지 말아야겠다.

초등학생 시절에는 아이들이 스스로 내면을 가꿀 수 있는 시간을 가져야 한다. 친구들과 부대끼는 가운데 스스로를 돌아보며, 내면이 아름다운 아이들로 성장했으면 좋겠다.

9.

곱슬머리가 싫어

"너, 그림 진짜 잘 그렸다~!"

우리 반 선진이가 미연이에게 툭 던지듯 이야기를 건넸다.

"선생님, 선진이가 제 그림 보고 놀려요."

미연이가 미간을 찡그리며 말했다.

"아니야. 나 너한테 진짜 잘 그렸다고 말한 건데?"

선진이가 머리를 긁적이며 기어 들어가는 목소리로 말했다. 미연이의 그림을 찬찬히 살펴봤다. 섬세한 붓 터치, 다채롭고 풍성한 색 표현 등 미연이의 그림은 누가 보더라도 잘 그린 그림이었다. 미연이에게 말했다.

"미연아, 너 수채화 어디서 배운 적 있니? 그림 정말 잘 그렸는데."

미연이가 입을 오리처럼 내밀고 퉁명스럽게 말했다.

"제 그림이 어딜 봐서 잘 그렸어요. 선생님도 괜히 저한테 듣기 좋은 말 하는 것 다 알아요."

정색을 하는 미연이를 보며 칭찬을 건넸던 선진이도, 담임교사인 나도 머쓱해졌다.

그렇지만 이후에도 선진이는 다른 아이들에게 다가가서, 조심스레 칭찬을 했다. 선진이는 친구들의 장점을 구체적으로 찾아낼 줄 아는 섬세하고 착한 아이였다. 차분한 태도로 구체적으로 칭찬을 했다. 놀리거나 비아냥거리는 태도는 조금도 느껴지지 않았다.

안타깝게도 미연이뿐만 아니라 우리 반 다른 아이들도 선진이의 칭찬을 곧이곧대로 받아들이지 않았다. 내가 건네는 칭찬도 마찬가지였다. 진심을 담은 우리의 칭찬은 그들에게 큰 의미가 없는 듯 튕겨져 나왔다.

칭찬을 있는 그대로 받아들이지 못하는 우리 반 아이들을 보면서, 불현듯 어릴 적 내 모습이 떠올랐다. 어릴 때부터 나는 곱슬거리는 내 머리카락이 정말 싫었다.

"자연스럽게 곱슬거리는 머리카락, 정말 멋있어! 다들 돈을 주고 파마도 하는데, 넌 타고난 곱슬머리라 얼마나 좋니?"

어머니가 아무리 칭찬을 해도 머리카락이 멋있다는 말이 좀

leeyoung

처럼 받아들여지지 않았다. 부모님이니까 안타까운 마음에 위로 해 주시는 것이라고 생각했다. 비슷한 말을 몇 번이고 반복하셨지만, 귀담아듣지 않았다. 곱슬거리는 머리카락, 작은 키…. 스스로 생각해도 마음에 드는 것이 하나도 없었다.

생후 20개월째에 접어든 딸 다솜이가 이제는 아빠인 나를 제법 잘 따른다. 부쩍 커 버려서 성큼성큼 걸어 다니는 다솜이를 가만히 지켜볼 수 있는 시간도 많아졌다.

그런데 다솜이도 머리카락이 곱슬거린다. 곱슬거리는 머리카락이 어쩜 그리 자연스럽고 예쁜지. 네모로 각이 지고 조금 큰 얼굴도, 터질 듯한 볼살도, 작은 입도, 볼록 나온 배도 하나하나가 모두 예쁘고 귀엽기만 했다. 보고 또 봐도 사랑스럽지 않은 곳이 하나도 없었다. 온몸 구석구석이 예쁘다는 것이 이런 느낌이구나! 우리 부모님도 날 보며 이런 느낌이셨을까?

곱슬거리는 내 머리카락을 보고 어머니께서 건네셨던 말씀들이 이제야 이해가 간다. 10년 후, 다솜이가 우리 반 아이들만큼 커서 “나는 내 외모가 마음에 안 든다고요! 마음에 드는 부분이 하나도 없어요!”라고 말한다면 어떨까? 우리 부모님이 그러셨던 것처럼, 네 모습 자체가 예쁘다고 반복적으로 말할 것 같다. 다솜이에게 그렇게 이야기를 해도 아이가 스스로를 긍정적으로 받아들이지 않는다면? 마음이 많이 쓰릴 것 같다.

칭찬을 있는 그대로 받아들이지 못하고 스스로를 사랑하지 못하는 우리 반 아이들을 본다. 아이들의 모습 속에서 스스로를 사랑하지 못했던 과거 내 모습이 보인다.

별처럼 빛나는 눈, 해맑은 미소, 따뜻한 마음…. 우리 반 아이들은 각자가 지닌 보석 같은 아름다움을 놓치고 있다. 옆에서는 그 아름다움이 생생하게 보이는데, 아이들 눈에는 스스로의 아름다움이 보이지 않는 듯하다. 스스로 자신을 존중하지 않으면, 누구도 그를 존중해 줄 수 없다. 자아존중감이 낮은 사람은 주변 사람들이 진심을 담아 칭찬과 격려를 해도, 그것을 받아들이지 않기 때문이다.

스스로를 존중하지 못하는 이유는 아무래도 자기 자신에게 향해야 할 시선이 타인에게 가 있기 때문일 것이다. 나보다 멋지고 예쁜 사람들과 자신을 비교하다 보면, 스스로에 대한 애정을 잃어버리기 쉽다. 주변 사람들과 나를 비교하면 결코 자기 자신에게 만족할 수 없다. 외모도, 내적으로도 부족한 점들이 도드라져 보인다. 그럼에도 내가 다솜이를 보듯, 또 우리 반 아이들을 보듯 좀 더 따뜻한 시선으로 스스로를 바라보려고 한다. 조금 부족해도 괜찮다고, 스스로에게 말을 건네 본다.

10.

삶으로 말해 주세요

"우리 아이가 책을 많이 읽었으면 좋겠는데, 만날 스마트폰으로 유튜브를 보거나 게임을 해요. 어떻게 하면 책과 친해질 수 있을까요?"

학부모 상담 시간, 진명이 어머니가 이렇게 물었다.

잠시 고민하다가 이렇게 대답했다.

"아이들은 부모님이 책을 대하는 자세를 보고 따라 합니다. 부모님께서 먼저 책과 친한 모습을 보이시면, 진명이도 자연스럽게 책에 흥미를 갖게 되지 않을까요?"

부모님이 스마트폰만 보면서 자녀에게는 책을 읽으라고 하면 불만이 생길 수 있다. 부모님의 말씀을 따라 책을 펴는 경우에도 책 읽는 시늉은 할 수 있겠지만, 궁극적으로 책과 친해지기는 어렵다. 진명이 어머니께 이렇게 말하면서, 속으로는 민망한 마음이 들었다. 내 상황도 크게 다르지 않았기 때문이다.

사실, 나는 학교 동아리 활동으로 독서부를 운영했다. 책을 좋아해서 독서부에 온 아이들인 만큼 처음에는 집중해서 조용히 책을 읽었다. 그러나 한두 아이가 대화를 시작하면, 덩달아서 다 같이 떠들었다. 교실은 금세 소란스러워졌다.

나 역시 처음에는 독서부 아이들과 함께 책을 읽으려고 했다. 하지만 머릿속에서 급히 처리해야 할 업무들이 떠올랐다. 아이들에게는 조용히 책을 읽으라고 말해 놓고는 혼자 분주하게 공문을 작성했다. 나에게 독서는 '중요하지만 당장 급하지 않은 일'이었다. '중요하지 않아도 처리가 시급한 업무'에 우선순위에서 항상 밀릴 수밖에 없었다.

아이들도 마찬가지였다. 독서부에서 오랜만에 만난 다른 반 친구들과 이야기도 나누고 싶고, 연습장에 그림도 그리고 싶고…. 독서는 자연스럽게 아이들의 하고 싶은 일 우선순위에서 밀려 버렸다. 게다가 담당 교사까지 자신들을 방임하고 있으니, 동아리 활동 시간은 아이들의 비공식적인 자유 시간과 같았다. 아이들은 나의 눈치를 살피며 계속 딴짓을 했다.

동아리 활동 시간에 독서부 아이들이 집중해서 독서하는 모습은 좀처럼 기대할 수 없었다. 나는 간간이 컴퓨터 화면에서 고개를 들고 아이들에게 이렇게 말했다.

"선생님은 업무가 많아서 바쁘기 때문에 어쩔 수 없이 급히 일 처리를 하는 거예요. 그렇지만 여러분은 이 시간에 중요하고 의미 있는 독서를 꼭 해야 해요."

독서가 중요하고 의미 있다고 말하면서, 담당 교사는 아이들과 함께 책을 읽지 않았다. 잠시도 컴퓨터를 떠나지 못하는 교사를 보면서, 아이들은 어떤 생각을 했을까? 교사가 말하는 것처럼, 독서가 의미 있다고 생각했을까?

어떤 일이 중요하고 의미가 있다는 것은 말을 통해서 알게 되는 것이 아니다. 주변에서 행동으로 직접 보여 줄 때 비로소 알게 되는 것이다.

독서와 비슷하게 학급 내에서 강조하는 것이 있다. 바로 글쓰기이다. 글을 쓰면서 자신의 생각을 정리할 수 있고 자신의 삶을 되돌아볼 수도 있기에, 아이들에게 글쓰기를 늘 강조한다.

그러나 아이들은 글쓰기를 별로 좋아하지 않았다. 매년 새로운 글쓰기 지도 방법을 적용하느라 분주했다. 일주일에 두세 번씩 일기를 쓰도록 한 적도 있고, 일주일에 한 번씩 독서감상문을 쓰도록 하거나 주제를 주고 주제에 맞게 글을 써 보도록 하기도 했다. 아이들의 글쓰기 과제를 검사하며 직접 의견을 적어 준 적도 있다. 하지만 정작 아이들은 크게 흥미를 느끼지 못했다.

"아침에 8시에 일어났다. 아침밥을 먹었다. 학교에 갔다. 급식을 먹었다. 집에 와서 저녁을 먹었다. 게임을 하고 잠을 잤다. 재미있는 하루였다."

아이들은 억지로 글을 쓰느라 힘들었고, 나는 그 글을 읽고 의견을 써 주느라 힘든 상황이 반복되었다. 그러다 언제부턴가는 한두 줄로 짧게 글을 써 오는 아이들이 생겼다. 그래서 10줄 이상 쓰게 했더니, 글씨를 양껏 크게 써서 10줄을 채워 오기도 했다. 억지로 쓰는 글은 아이들에게도 나에게도 의미가 없었다. 글쓰기 또한 독서와 마찬가지로 학생들에게 강제로 시킨다고 좋은 결과를 얻을 순 없었다.

그래서 이번에는 아이들에게 글쓰기 숙제를 내주지 않았다. 대신 나 스스로 정기적으로 글을 쓰면서, 그 글을 아이들에게 종종 읽어 주었다.

담임이 글쓰기를 좋아하지도 않고 글쓰기와 상관없이 살면서 아이들에게 글쓰기를 강조해 봐야 큰 의미가 없다는 생각이 들었기 때문이다. 글쓰기를 억지로 시키기보단, 글을 쓰고 싶은 마음을 불러일으키는 것이 더욱 효과적일 거라고 생각했다.

교과서에는 멋진 글이 많이 실려 있다. 하지만 학생들은 대개의 경우, 그 글에 큰 관심을 보이지 않았다. 반면, 담임이 쓴 글에는 관심을 보였다. 교과서에 실린, 전문 작가들이 쓴 글처럼 작품성이 있지 않음에도 말이다. 담임 선생님이 직접 쓴 글이라는 사실만으로도 아이들이 관심을 갖는 것 같았다. 글을 소리 내어 읽어 주면, 아이들 눈에서 반짝반짝 빛이 났다. 아주 가끔은 낭독이 끝나자마자 우레와 같은 박수를 쳐 주었다.

1학기가 끝나 갈 때쯤, 몇몇 아이들이 2학기 때는 직접 글을 써 보고 싶다고 했다. 아이들이 자발적으로 글쓰기를 하겠다고 한 건 처음이어서 크게 놀랐다. 아이들이 즐겁게 글 쓰는 모습을 상상하니 절로 대견했다.

말로만 가르치는 것은 아이들에게 반감만 살 뿐 실질적인 변화를 가져오기 어렵다. 따라서 우리 어른들이 할 일은 먼저 시도하고 모범을 보이는 것이다. 말이나 글로 가르치는 것이 아니라, 삶 자체로 가르치자는 뜻이다. 경험상 이보다 효율적인 교육법은 없는 것 같다.

칭찬받고 싶은 선생님

2장

"힘들어도 괜찮은 척 살아가는
소심한 교사이지만
칭찬받는 선생님이고 싶습니다."

1.

칭찬받고 싶은 선생님

"규~울 줘! 무~울 줘!"

세 살 다솜이가 말을 하기 시작했다.

"귤 달라고? 물 달라고? 우아, 우리 다솜이, 말 정말 잘한다."

아내가 까르르 웃으며 박수를 치고 다솜이의 머리를 쓰다듬었다. 엄마에게 칭찬을 받아서 기분이 좋았는지 다솜이도 입꼬리가 귀에 걸릴 만큼 환하게 웃었다. 그리고 한참 동안 박수를 치며 여기저기 뛰어다녔다.

"오늘 너, 옷이 진짜 멋있다."

"너는 키도 크고 진짜 잘생겼어."

어릴 적에는 사람들을 만날 때마다 듣기 좋은 말을 해 주었다. 그런 말을 들으면 어떤 사람은 바로 고맙다고 말해 줬고, 쑥스럽게 왜 그러냐고 부끄러워하는 사람도 있었다. 부끄러워하며 칭찬의 말을 받아 주지 않는 사람에게는 또 다른 칭찬거리를 찾았다. 계속적으로 칭찬을 했지만, 상대방의 반응이 뜨뜻미지근할 때는 기분이 썩 좋지는 않았다.

교사가 되고 난 후에는 마음을 담아서 동료들에게 인사를 했다. 나이가 훨씬 어린 후배 교사에게도 마찬가지였다. 정중하게 인사를 하면서도 때로는 기분이 상했다.

칭찬을 하고 인사를 하는 건데, 나는 왜 기분이 좋지 않을까? 가만히 생각해 보니, 그 이유를 알 것 같았다. 사람들에게 인정받기 위해 그런 행동을 했기 때문이다. 90도에 가깝게 인사를 한 이유도 사람들에게 정중하게 인사를 받고 싶어서였다. 그런데 90도로 인사를 해도, 고개만 끄떡하거나 인사를 받지 않는 경우도 많았다. 호의를 베푼 만큼 그대로 돌아오지 않으면, 마음속에 실망이 쌓였다.

이런 내 속마음을 알았다면, 상대방도 참 황당했을 것 같다. 차라리 칭찬도, 인사도 하지 않는 편이 더 낫지 않았을까?

“얘들아, 선생님도 너희에게 따뜻한 말을 들으면 기분이 참 좋아. 선생님 칭찬 많이많이 해 주렴.”

leeyoung

평소 존경하던 옆 반 선생님이 반 아이들에게 이렇게 말하는 것을 우연히 듣게 되었다. 처음 그 말을 들었을 때 나는 적잖이 놀랐다. 어떻게 아이들에게 자신을 칭찬해 달라고 말할 수가 있지? 아이들에게 그렇게 말하면 자존심 상하지 않나?

옆 반 선생님은 언제나 마음을 담아 아이들을 대하는 분이었다. 항상 지지와 칭찬의 말을 아끼지 않았다. 그런 선생님이 아이들에게 본인 칭찬을 해 달라고 하다니. 그런데 잠시 후, 놀라운 일이 일어났다.

아이들이 마음을 담아 선생님에게 지지와 칭찬의 말을 건넨 것이다.

"저는 선생님이 우리 반 선생님이어서 좋아요! 항상 감사해요!"

옆 반 선생님은 아이들의 칭찬에 함박웃음을 지으며 기뻐했다. 아이들도 선생님의 모습을 바라보며 즐거워했다. 그제야 나는 상대방에게 칭찬해 달라고 솔직하게 표현하는 것이 부끄러운 일이 아님을 알게 되었다.

교육적인 측면에서 보아도 옆 반 선생님의 행동은 바람직했다. 대부분의 아이들은 가정에서든 학교에서든 받는 것에만 익숙하다. 부모님은 물론 선생님도 아이들에게 무언가를 베푸는 데 아낌이 없는 사람들이기 때문이다. 어찌 보면 그것은 아이들로 하여금 '주는 기쁨'의 경험을 앗는 것일지도 모른다. 선생님께 마음을 담아 칭찬을 건네며 선생님이 진심으로 기뻐하는 모습을 볼 때, 아이들도 느끼는 바가 있지 않을까?

어른이 되면 주변 사람들에게 칭찬을 들을 일이 많지 않다. 잘한 일에 대해서도 인정을 받기 힘들고, 일상적인 일을 잘했다고 말해 주는 경우는 더욱 없다. 반대로 실수를 하면 질책과 불만이 쏟아지는 경우가 많아서, 항상 긴장하며 일한다.

가끔은 주변 사람들에게, 나 묵묵히 열심히 하고 있다고, 내가 열심히 하고 있는 모습도 주목해 달라고 말해 보면 어떨까? 현재 내 상황이 사람들에게 쉽게 인정받을 만한 경우가 아닐 수 있다. 무뚝뚝한 상사, 나에게 관심조차 없는 동료들만 주변에 있을 수도 있다. 그들의 입에서 칭찬이 도무지 나오지 않을 수도 있다. 그래도 최소한 말은 꺼내 보자. 그들의 입에서 칭찬이 나오진 않더라도, 내가 열심히 일하고 있는 것을 그들도 알게 되지 않을까?

나는 종종 아이들에게 이렇게 말한다.

"얘들아, 너희가 열심히 하고 또 잘했는데도 선생님이 못 보고 그냥 넘어갈 때가 분명 있을 거야. 그럴 때는 스스로를 칭찬해 주면 어떨까? 선생님에게 칭찬을 받는 것도 의미가 있지만, 스스로를 칭찬하는 것도 큰 의미가 있으니까."

그런 다음 아이들이 한 손을 자신의 머리에 올리고 스스로 머리를 쓰다듬도록 한다.

"ㅇㅇ야, 너 참 잘했어. 진짜 대단하다."

칭찬은 아이들에게뿐만 아니라 삭막한 삶을 사는 우리에게도 꼭 필요하다. 주변 사람 누구도 알아주지 않아도, 나 자신에게 마음껏 칭찬을 건네자.

"잘 하고 있어. 오늘도 묵묵히 열심히 일한 것, 내가 다 알아."

나만큼 구체적으로 내 상황을 이해하고 칭찬해 줄 수 있는 사람이 있을까? 아이들만 칭찬에 목말라 있는 게 아니다. 어른인 우리도 늘 칭찬에 목말라 있다.

2.

혼자 고민하는 선생님께

월간 《좋은교사》에 두 달에 한 번씩 글을 연재하게 되었다. 기쁜 마음으로 이 소식을 내 블로그에 올렸다. 그러자 블로그에 이런 댓글이 달렸다.

"선생님께서 글을 통해 다른 선생님들의 멘토가 되기를 소망합니다."

내가 쓴 글이 교사들에게 좋은 영향을 주길 바란다는 응원의 메시지였다. 이 과분한 칭찬이 오래도록 머릿속을 맴돌았다.

11년 전, 신규 교사 발령을 받던 날이 떠올랐다. 임명장을 받으러 혼자 홍성교육지원청에 왔던 날, 기쁨과 떨림이 공존했다. 그토록 바라던 교사가 되었다는 사실이 말할 수 없이 기뻤지만,

학교 현장에 잘 적응할 수 있을지 두렵기도 했다.

모든 교사는 예비 교사 시절 교생 실습을 받는다. 학교 현장에 발령을 받은 후에는 다양한 연수를 받는다. 하지만 실습이나 연수를 통해 어떤 상황에서든 적용할 수 있는 구체적인 방법을 배우는 것은 아니다. 교사와 학생의 성향이 다르고 지역이나 학교마다 여건이 다른 탓에, 보편적인 교사 매뉴얼은 존재하지 않는다. 신규 교사나 저경력 교사는 현장에서 시행착오를 거치며 자신만의 지도 방법을 스스로 익히게 된다.

나는 신규 교사 임용 후에 1년밖에 근무하지 못했다. 갑작스럽게 큰 병이 났기 때문이다. 2년간 질병 휴직을 했다. 다행히 건강을 회복한 후에는 지역 내에서 규모가 큰 학교에 복직을 하게 되었다. 복직을 며칠 앞두고, 걱정으로 잠을 쉽게 이루지 못했다. 학생들과의 관계 설정은 어떻게 해야 할까? 친구 같은 선생님이 좋을까? 아니면 조금은 무서운 선생님이 되어야 할까? 1년간 학급운영은 어떻게 하지?

1년이란 근무 경력이 있었기에 완전히 신규 교사는 아니었지만, 그렇다고 나만의 노하우가 있는 경력 교사도 아니었다. 어정쩡한 상태로 복직을 하게 되었고, 말할 것도 없이 복직한 첫해에 온갖 어려움을 겪었다. 누군가에게 교직 생활의 어려움과 고민들을 털어놓고 도움을 받고 싶었지만, 먼저 다가와서 도움을 주는 사람은 없었다. 좌충우돌, 고군분투하면서 아이들을 가르치고 문제를 해결해 나갔다. 하지만 마음 한편으로 불안함이 흘러 들었다.

'지금처럼 하면 되는 걸까? 내가 가르침을 받을 만한 선생님은 없을까?'

학교 안에서 개인적으로 멘토가 되어 줄 만한 선생님을 찾아 나섰다. 가장 먼저, 동 학년의 이 선생님이 떠올랐다. 평소 학생들을 대하는 모습이 인상적이었기 때문이다.

이 선생님은 점심시간마다 반 아이들을 친절하게 자리로 안내했다. 그리고 아이들이 모두 자리에 앉아 식사를 시작하면 조용히 다가가서 인사를 건넸다.

"희승아, 밥 맛있게 먹어. 그런데 오늘 기분이 안 좋아 보이네. 무슨 일 있니?"

선생님은 매일같이 아이들 한 명, 한 명에게 말을 건넸다.

선생님에게 왜 그렇게 하시냐고 묻자, 이렇게 대답하셨다.

"학생들과 매일 교실에서 만나지만, 수업 시간에 모든 학생들과 소통을 하지는 못해요. 생각해 보니 개인적으로 저와 말 한마디 못 나눠 보고 하교하는 아이들도 많더라고요. 언제부턴가 그게 항상 마음에 걸렸어요. 그래서 점심시간을 이용해서 우리 반 아이들과 소통을 하고 있어요. 짧은 시간이지만, 눈을 마주치며 대화를 하면 유대감도 생기고 좋더라고요."

선생님이 학생들을 사랑하는 마음이 느껴져서 뭉클했다.

또 이런 일도 있었다. 어린이날을 앞두고, 이 선생님이 유독 분주해 보였다. 이유가 궁금해서 물어보았다.

"선생님, 무슨 일 있으세요?"

"아이들 선물을 준비하고 있어요."

"선물이 뭔데요?"

"선물은 바로 '약'이에요."

선생님 앞에는 제법 큰 약봉지가 줄줄이 놓여 있었다. 그런데 약봉지에 적혀 있는 문구가 남달랐다. 행복해지는 약, 건강해지는 약, 키가 크는 약, 머리가 좋아지는 약…. 약봉지마다 각각 다른 문구가 쓰여 있었다. 약봉지를 살짝 열어 보니, 비타민, 견과류, 젤리 등 간식이 잔뜩 담겨 있었다.

어린이날, 선생님에게 약을 받은 아이들의 마음은 어땠을까? 비록 가짜 약이지만, 먹을 때마다 선생님의 따뜻한 마음을 함께 느꼈을 것 같다.

이 선생님이 전근 가시기 전까지, 2년간 같은 학년을 맡아서 교사의 마음가짐과 학생을 대하는 방법을 구체적으로 배울 수 있었다.

시간이 많이 흐른 후, 갑자기 이런 생각이 들었다.

'이제는 교실 안에서 혼자 고민하는 교사에게 내가 다가갈 차례가 아닐까?'

블로그 댓글처럼, 다른 교사에게 긍정적인 영향을 주는 사람이 되기를 소망한다. 그러나 그런 사람이 되겠다고 선언한다고 바로 멘토가 될 수는 없다. 다른 사람들에게 영향력을 발휘할 수 있는 사람은 어떤 사람일까? 자신의 자리에서 행동으로 꾸준하게 실천하는 사람일 것 같다. 학생들을 진심으로 사랑하고, 그 마음을 행동으로 보여 주었던 이 선생님처럼 말이다.

"말하지 않아도 알아요~♬"

문득 예전에 유행했던 모 광고의 CM송이 생각났다. 아이들을 사랑하는 마음을 가득 품고 있는 교사는, 말하지 않아도 옆에서 그 마음을 느낄 수 있다. 그러므로 영향력 있는 교사가 되겠다는 마음을 갖는 것보다, 아이들을 사랑하는 마음을 갖는 것이 우선이다. 진심으로 아이들을 대하는 모습을 보인다면, 과거의 나처럼 도움이 필요한 동료 교사들이 직접 찾아오지 않을까?

말은 쉽지만 행동은 어렵다. 진심을 갖고 맡은 일에 꾸준하게 임하자. 그러다 보면 고민을 가진 동료들에게 언젠가는 미약하게라도 도움을 줄 수 있을 것이다.

한 아이가 소중한 것처럼, 한 명의 교사도 소중하다. 한 명의 교사는 매년 30여 명의 아이들을 만나기에, 30년이면 900여 명의 아이들을 만난다. 900여 명의 아이들에게 영향력을 지니는 교사임을 알기에, 한 명의 교사도 허투루 대할 수 없다.

3.

밤에 울리는 전화

밤 9시에 전화벨이 울렸다. 급히 발신자를 확인했다. 우리 반 연이 어머니였다. 그 순간, 온갖 생각이 머릿속을 스쳤다. 오늘 내가 학교에서 연이에게 상처가 되는 심한 말을 했었나? 연이에게 갑자기 무슨 일이 생겼나?

불안하고 당황스러운 마음을 가라앉히기 위해 심호흡을 한 번 하고 전화를 받았다.

"연이 어머니, 안녕하세요?"

"선생님, 내일 준비물이 있나요? 연이가 알림장을 제대로 안 적어 왔더라고요. 혹시나 중요한 준비물이 있나 싶어서 전화를 드렸어요."

잔뜩 긴장했다가 김이 새어 버린 기분이 들었다.

"특별한 준비물은 없습니다."

심드렁한 목소리로 대답했다.

"아, 그렇군요. 네, 알겠습니다."

다행스럽게도 연이에게 무슨 일이 생긴 것도, 내가 실수를 한 것도 아니었다.

그런데 이런 일들이 종종 이어졌다. 퇴근을 한 후에도, 또 휴일에도 사소한 용건으로 학부모님에게서 수시로 문자나 전화가 왔다.

집에서 휴식을 취하는데, 학부모님께 학교 일과 관련된 연락을 받으면 종종 기분이 상했다. 누군가는 이렇게 말할지도 모른다.

"통화 시간 전부 더해도 몇 분 되지도 않을 텐데 너무 민감하게 반응하는 것 아닌가요?"

통화 시간은 실제로 몇 분 되지 않았다. 하지만 언제든지 학교 관련 일로 전화가 올 수 있다는 사실 자체만으로, 긴장 상태가 지속되었다. 퇴근 후 집에서 쉬어도, 쉬는 느낌이 들지 않았고 24시간 재택 근무하는 기분이 들었다. 근무시간 이후나 휴일에도 학교 일을 계속 떠올려야 한다는 게 영 불편했다.

왜 사소한 일로 퇴근 후에 연락을 하는 걸까? 곰곰이 생각해 보니, 나에게도 원인이 있었다. 학기 초, 아이들을 더 깊이 이해하고자 학부모님들께 이렇게 안내했다. "작은 일도 좋으니 학생과 관련해서 궁금한 점이 있다면 언제든 부담 없이 연락을 주세요."

그러니 시간을 가리지 않고 연락이 오는 것은 어찌 보면 당연한 일이었다.

물론 교사가 학생을 위해서 학부모와 긴밀하게 소통하는 것은 의미 있는 일이다. 하지만 그로 인해 개인적인 삶이 영향을 받는 것은 문제였다. 고민 끝에 선배 교사에게 조언을 구했다.

"저는 아이들과 긴밀하게 소통하고 싶었을 뿐인데, 퇴근 후에도 수시로 연락을 받으니 불편합니다."

선배 교사가 말했다.

"선생님이 학부모님과 소통하고 싶은 것은 공적인 부분이고, 퇴근 후에 개인적인 시간을 보내고 싶은 것은 사적인 부분이죠. 두 개는 별개로 존재해야 하는데 공적인 부분이 사적인 부분을 침범하는 것 같아서 기분이 상했던 것 아닐까요?"

나도 모르게 고개를 끄덕이며 동의를 표했다.

"맞아요. 학부모님과 연락을 주고받는 것 자체가 싫지는 않아요. 하지만 제 사적인 영역을 침범당하지 않고 연락을 주고받았으면 좋겠어요. 사소한 일로는 연락을 받지 않았으면 좋겠고요."

"퇴근 시간이나 휴일에는 전화를 받지 않으면 어떨까요?"

내가 잠시 주춤하며 대답했다.

"제가 학기 초에 언제든지 전화를 해도 좋다고 이야기했거든요. 전화를 받지 않으면 학부모님이 기분 나빠할 거예요."

"그렇다면 학부모 상담에 관한 선생님만의 규칙을 만들어서 학부모님들에게 다시 한번 전달하면 어떨까요?"

대부분의 회사는 명확한 근무시간과 규칙이 존재한다. 사람들은 몸이 아프다고 의사에게 아무 때나 불쑥 전화하지 않고, 배가 고프다고 새벽에 음식점 사장에게 연락하지 않는다. 그 이유는 그들이 정해 놓은 근무시간이 있고, '근무시간 이외에 연락을 따로 받지 않는다'는 분명한 규칙이 있기 때문이다. 그러나 나는 연락 가능한 시간과 방식을 구체적으로 안내하지 않았다. 해결 방법을 깨달은 후, 규칙을 적은 안내장을 발송했다. 내용은 이러했다.

"학생의 학교생활과 관련하여 궁금하신 사항이 있으실 경우에는 문자나 전화를 주시면 자세히 말씀드리겠습니다. 평일 근무 시간 중에는 문자를 주시면 가능한 시간에 문자 또는 전화로 연락을 드리겠습니다. 평일 근무시간 이후와 공휴일에는 개인적인 사유로 연락을 받지 못합니다. 퇴근 이후에는 가정을 돌보고 휴식을 하며 몸과 마음을 재충전하려고 합니다. 일과 시간 이후에 연락을 받지 못함을 양해 부탁드립니다."

새롭게 규칙을 마련하고 안내한 다음부터 퇴근 시간 이후에는 학생 관련 연락이 많이 줄어들었다. 우려했던 것과 달리 학부모님들과 관계가 틀어지는 일도 없었다. 오히려 퇴근 이후에 나만의 시간을 보장받은 덕분에 스트레스 없이 학교에서 아이들에게 집중할 수 있었다.

상대방에게 자신의 생각과 주장을 명확하게 이야기하는 것은 어려운 일이다. 내 생각을 말했을 때 상대방이 어떤 반응을 보일지 두렵기 때문이다. 누군가에게 모난 사람처럼 보이는 것도 싫고 관계를 그르치고 싶지도 않기 때문에 내 입장을 밝히는 것이 더 어렵게 느껴진다.

하지만 명확하게 말해야 상대방도 정확하게 알 수 있다. 상대방의 행동에 불편함을 느끼면서도, 괜찮은 척 지내는 것은 장기적으로 보았을 때 오히려 더 큰 문제가 될 수 있다.

어떤 문제든지 직면하지 않으면 결코 해결할 수 없다. 어렵더라도 문제에 맞서서 직접 그 문제를 풀어야 한다. 학부모의 반응이 두려워서 아무 말도 하지 않고 휴일이나 근무시간 이후에도 전화를 계속 받았다면 어땠을까? 스트레스로 인해 종국엔 학부모와의 관계도, 아이들과의 관계도 틀어져 버렸을 것이다. 이유도 모른 채 화가 나 있는 담임교사를 대하는 학부모님이나 아이들 모두 황당하지 않았을까?

경계를 잘 세우는 일은 나를 위하는 일인 동시에 상대방을 위하는 일이다. 상대방에게 분명하게 말하는 것이 경계 세우기의 출발점이다. 구체적으로 말하지 않으면 상대방은 아무것도 모른다. 결국, 어렵더라도 분명하게 말해야 한다. 교사와 학생 모두를 보호하기 위해서라도 말이다.

4.

선생님의 상처

적어도 초등학교에서는 동료 교사 간에 큰 갈등이 없을 것이라고 생각했다. 20여 년 전 군 생활을 하면서 나는 수직적인 문화와 인간관계에 지쳐 있었다. 가능하면 인간관계에서 스트레스를 덜 받을 만한 직업을 고민했다. 오랜 고민 끝에 내가 선택한 직업은 초등교사였다. 초등교사가 되기만 하면, 수평적인 교직 문화 속에서 동료 선생님들과 큰 스트레스 없이 지낼 수 있을 것이라고 생각했다.

그러한 믿음으로 어렵사리 초등교사가 되어 학교 현장에 왔다. 실제로 학교 현장에서 만난 대부분의 선생님들은 정이 많고 따뜻한 분들이었다. 물론 간혹 그렇지 않은 사람도 있었다. 내가 교직 경력이 얼마 되지 않았을 때 만났던 그분도 그랬다.

전체 교직원이 모인 교직원 회의 시간에 교무부장이 말했다.

"선생님들, 복사하실 때 주의하세요. 복사를 이런 식으로 하면 되겠어요? 온통 까맣게 나와서 알아볼 수가 없잖아요. 이게 뭡니까?"

회의가 교무부장의 질책으로 시작되면서 교무실 분위기가 바로 경직되었다. 그러나 교무부장은 다른 선생님들의 표정은 아랑곳하지 않고 계속 말했다.

"다들 절대로 이렇게 인쇄하지 마세요. 고성한 선생님! 제 말 잘 알겠어요?"

한쪽 귀퉁이가 까맣게 인쇄된 종이를 흔들어 보이던 그가 갑자기 내 이름을 불렀다. 가만히 종이를 쳐다보니, 교무부장의 손에 들려 있던 종이는 얼마 전 내가 복사를 맡겼던 가정통신문이었다. 가정통신문 복사를 잘 못했다고, 나는 50여 명이나 되는 교직원 앞에서 공개적으로 질책을 당했다. 예상치 못했던 상황에 얼굴이 빨갛게 달아오른 채 멋쩍게 웃었다.

회의가 끝나고 선생님들이 하나둘 교실로 돌아가는데, 교무부장이 나지막한 목소리로 말했다.

"회의가 끝나면 교무실 의자를 잘 정리하고 가야죠. 의자를 안 넣고 그냥 가신 분들이 많네요. 남아서 의자 정리를 해 주실 분 없을까요?"

누군가를 지명한 건 아니지만, 왠지 나를 부르는 것 같았다.

"부장님, 제가 하겠습니다."

얼른 대답을 한 후에, 교무실 곳곳을 다니며 반듯하게 의자를 정리했다. 그러고 나서 인사를 하고 우리 반 교실로 돌아왔다.

수업 준비를 하려 했지만 교직원 회의 때 있었던 일이 자꾸 떠올라 책이 눈에 안 들어왔다. 그때 우리 학년의 부장교사인 이 선생님이 교실로 들어왔다.

"고 선생님, 누구나 실수할 수 있어요. 복사를 잘 못한 일이 그렇게 크게 비난받을 만한 일인가요."

예상치 못했던, 학년부장 선생님의 말에 고마움이 몰려왔다. 이 선생님이 계속 말했다.

"잘못한 것이 있다면, 고 선생님만 따로 불러서 조용히 말할 수도 있었을 텐데요. 다수 앞에서 질책을 한 건 선생님의 인격을 고려하지 않은 무례한 행동이에요."

부족하고 실수투성이인 초보 교사를 위로해 주는 학년부장 선생님이 진심으로 고마웠다. 부장 선생님의 위로를 듣고 나니, 마음이 불편했던 이유를 비로소 알 것 같았다. 내 마음을 무겁게 했던 것은 화와 원망이었다. 먼저, 복사를 잘 못한 나에게 화가 났다. 복사를 잘 했다면 사람들 앞에서 비난받을 일이 없었을 게 아닌가. 두 번째로, 공개적인 장소에서 잘못을 지적한 교무부장이 원망스러웠다. 아무리 실수를 했더라도 많은 사람들 앞에서 망신을 줄 필요는 없는 일이었다. 마지막으로, 기분이 나쁜데도 제대로 표현하지 못하고 속없이 웃으며 교무실 의자까지 정리하고 온 나 자신에 대한 분노였다. 내가 한없이 바보 같고 초라해 보였다.

나를 함부로 대하는 사람에게 왜 그렇게 저자세를 취했던 걸까? 나는 이 학교에 오기 전에 전교생이 11명인 작은 학교에서 근무했다. 그런데 이곳은 전교생이 1000명이 넘었다. 큰 학교에 와서 보니, 이전까지 내가 해 왔던 교직 생활은 소꿉놀이처럼 보잘것없이 느껴졌다. 작은 학교에서 근무했던 나는 '가짜 선생님' 같았고, 큰 학교에서 많은 아이들을 가르치고 있는 선생님들이야말로 '진짜 선생님' 같이 느껴졌다. 내가 복사도 잘 못하는 '가짜 교사'라는 것을 교무부장을 포함하여 여러 동료에게 들킨 것 같아서 창피하고 속상했다.

내게 부장교사는 산처럼 크고 감히 다가갈 수조차 없는 존재였다. 학교 안에는 많은 부장교사가 있다. 업무 부서를 담당하는 업무부장교사와 한 학년 전체를 담당하는 학년부장교사가 있다. 그중 가장 핵심이 되는 보직은 교무부장이다. 소위 실세인 교무부장 앞에서 나는 아무 말도 하지 못했다.

시간이 흘러 교무부장은 교감으로 승진하여 학교를 떠났다. 학년부장으로 개인적인 도움을 주던 이 선생님도 다른 학교로 전근을 갔다. 그리고 나는 이 선생님이 떠난 그 자리를 이어받아서 학년부장 업무를 2년 동안 맡아 했다.

어느덧 시간이 흘러 11년 차 교사가 되었다. 근무 연수가 늘고 부장교사까지 하면서 몇 가지 새로운 사실들을 알게 되었다. 먼저, 부장교사는 관리자 승진을 통해 영구적으로 부여받는 직책이 아니라는 사실이다. 부장교사 자리는 매년 새롭게 부여받는 임시 직책일 뿐이다. 또한 부장교사가 생각처럼 그렇게 특별하고 높은 자리도 아니다. 물론 교무부장 자리도 마찬가지이다. 오히려 교무부장은 다른 교사들에게 부탁할 일이 많기 때문에 동료들과의 관계에 더욱 신경을 써야 하는 자리였다. 쉽게 다른 교사를 질책할 수 있는 자리가 아니었던 것이다.

돌아보면, 저경력 교사 시절 나는 어리고 경험도 부족했으며 한없이 위축되어 있었다. 그런 나를 동등하게 대하고 응원해 주는 동료도 있었지만, 그렇지 않은 동료도 있었다. 내가 자신감 없는 모습을 보이며 스스로를 낮출수록 어떤 이는 교묘하게 자신의 일을 떠넘겼다. 교무부장이 내 위에서 군림했던 것처럼 말이다.

10여 년 전, 교무실에서 있었던 그 일은 나의 교직 생활에 많은 영향을 주었다. 그 후로 모든 교사가 인격적일 것이라는 기대를 내려놓았다. 생각을 바꾸자, 상대방을 배려하는 선생님들이 더욱 고맙게 느껴졌고, 그렇지 않은 경우에도 상처를 덜 받게 되었다.

지금 우리 학교에도 신규 선생님들이 종종 발령을 받아서 온다. 죄송하다는 말을 반복하며 기가 죽어 있는 그들을 보면, 예전의 나를 보는 것 같아서 안타까운 마음이 든다. 그래서 어리숙했던 나에게 동료들이 지지와 응원을 해 주었던 것처럼, 그들에게 다가가 힘과 용기를 주는 말을 건네려고 노력한다.

적어도 학교에서는 서로 존중하고 존중받는 문화가 필요하다. 나이가 많든 적든, 직위가 높든 낮든 관계없이 말이다. 존중받아 본 사람만이 다른 사람도 존중할 수 있다. 존중은 학교라는 공간에서 나이도 어리고 약자인 아이들과 함께 생활하는 교사에게 꼭 필요한 덕목이다. 마음을 쓰지 않으면, 자칫 나이가 어리다고 아이들을 하대할 수 있기 때문이다.

아이들은 교실 속에서 30여 명의 무리로 존재한다. 그래서 때때로 아이들 한 명, 한 명에 관심을 기울여 각자의 상황을 배려하거나 존중하지 못할 수 있다. 미성숙한 아이가 아니라 성장 가능성을 가진 한 사람의 개인으로 아이를 바라볼 때, 자연스럽게 존중하는 마음도 생긴다. 우리 각자가 사회라는 테두리 속에서, 또 자신의 모든 삶 속에서 존중받아야 하는 것처럼, 아이들도 마땅히 존중받아야 한다. 우리는 그 당연한 사실을 잊지 말아야 한다.

5.

인사를 받지 않는 사람

"나 너 싫다고!"

종업식이 있던 날, 회식 자리에서 상급자가 나에게 한 말이다.

이제 방학으로 몸이 편해졌지만, 마음은 여전히 그 한마디의 파장에서 자유롭지 못했다. 그는 애초부터 나를 좋아하지 않았던 것 같다. 학교에서 우연히 마주쳤을 때 인사를 해도 그는 도통 받지를 않았다.

"혹시 시력이 안 좋아서 당신을 못 본 건 아닐까요?"

아내의 말을 기억했다가 일부러 바로 앞에 가서 큰 소리로 인사를 했다. 하지만 결과는 별반 다르지 않았다. 교사들 사이에서 꽤 영향력을 가진 그가 내 인사를 받지 않는 것은 다분히 의도적인 것 같았다. 그런데 더 당혹스러운 것은 어떤 날은 아무렇지 않게 정답게 인사를 건네거나 칭찬을 한다는 것이었다. 오락가락하는 그의 속내를 알 수 없었기에 마음이 계속 불편했다. 그래서 그에게 작은 흠도 잡히지 않기 위해 노력했다.

그렇게 일 년을 마무리하는 종업식 날, 모든 교직원들이 함께 회식 자리를 가졌다. 술도 회식도 좋아하지 않았지만, 한 해 동안 애썼던 동료들과 마음을 나누기 위해 그 자리에 참석했다. 분위기가 얼큰하게 무르익었을 때, 그가 갑자기 일어났다.

"나 너 싫어!"

그의 눈과 손가락이 나를 향하고 있었다. 그 말을 들은 사람들이 순간 굳어 버렸다. 당황한 나는 어색한 분위기를 무마하려 웃음을 짜냈다.

"에이, 제가 얼마나 좋아하는지 잘 아시잖아요~!"

아무렇지 않은 듯 넘겼지만, 순간적으로 느꼈던 복합적인 감정과 생각은 회식 자리 내내 머릿속을 떠나지 않았다. 술기운에 농담을 한 거겠지? 진짜로 내가 싫다는 건가?

잠시 후, 술에 취한 그가 먼저 자리에서 일어났다. 불편하고 혼란스러운 마음으로 집에 돌아가고 싶지 않았다. 그의 말이 농담이었음을 확인하기 위해 집에 가는 그를 배웅하겠다며 벌떡 일어났다.

"제가 모셔다 드릴게요."

그가 내 손을 완강하게 뿌리쳤다.

"나는 염 선생이랑 갈 거야. 염 선생, 나 데려다줄 거지?"

그러나 염 선생님도 이미 술에 취한 상태였다. 그는 하는 수 없이 내 차를 탔다. 운전을 하면서 자신을 배웅하려고 하는 나를 강하게 거부하던 그의 모습을 떠올리며, 회식 자리에서 그가 한 말이 농담이 아니었음을 확인하였다.

'그래, 내가 싫을 수도 있지. 모두가 나를 좋아할 수는 없어!'

자주 가는 인터넷 사이트에서 '내 주변에 있는 사람이 10명이라면 그중에 나를 좋아하는 사람은 3명, 관심 없는 사람은 5명, 싫어하는 사람은 2명'이라는 내용의 글을 읽은 적이 있다. 모든 사람에게 인정받고 사랑받을 수는 없는 일이다. 하지만 아무리 이렇게 생각하며 스스로를 달래 보아도, 회식 자리에서 있었던 장면들이 쉽사리 잊히지 않았다. 억울함과 분함이 쌓이고, 조금도 나아지지 않는 감정 속에서 방학 한 달간 집에 틀어박힌 채 지냈다. 밤에 이따금 악몽을 꾸거나 놀라서 소리를 지르는 일도 생겨서, 아내도 같이 괴로워했다.

그러는 사이 시간이 흘러 기독교사수련회가 코앞으로 다가왔다. 마음 같아선 수련회에 빠지고 싶었지만, 수련회 마지막 날 맡은 사회자 역할 때문에 어쩔 수 없이 참석했다.

저두요
저두요
저도..
leeyoung

수련회 마지막 날, 나는 '행복한 헤어짐'이란 프로그램을 진행하였다. 수련회에 참석한 사람들 모두가 돌아가면서 수련회 기간에 느낀 점을 이야기하는 시간이었다.

자연스러운 진행을 위해 나 또한 현재 내 상황을 차분히 말할 생각이었다. 그런데 회식 자리에서 있었던 일을 이야기하던 중 난데없이 눈물이 터지고 말았다. 그 자리에 참석한 많은 선생님들이 이야기를 경청하며 함께 울었다. 이어서 다들 자신이 학교에서 겪었던 어려움을 하나둘 털어놓았다. 그렇게 '행복한 헤어짐' 시간은 그동안 학교생활 중 겪었던 아픔을 털어놓고 위로하는 자리가 되었다.

그날 이후로 신기한 일이 벌어졌다. 그동안 나를 힘들게 했던 억울하고 분한 마음이 말끔히 사라진 것이다. 수련회에서 경험한 것은 다름 아닌, 공감의 힘이었다.

"선생님의 마음을 충분히 이해해요. 저도 선생님과 비슷한 일을 겪었고 당시에 많이 힘들었거든요. 그런 일을 겪으면서 아프고 힘들었겠어요."

비슷한 일을 겪었던 사람들이 조심스럽게 건네는 위로의 말이 큰 힘이 되었다. 공감은 힘이 있다. 자신의 이야기를 솔직하게 털어놓는 것, 그리고 진심으로 경청하는 것만으로도 서로에게 큰 힘이 된다.

회식 자리에서 겪은 일로 혼자 힘들어하고 있을 때 수련회 선생님들의 공감을 받지 못했다면 어땠을까? 아마도 지금처럼 아무렇지 않게 그때의 일을 이야기하기는 어려웠을 것 같다.

살다 보면, 억울한 일도 있고 나를 힘들게 하는 사람도 만나기 마련이다. 그런 상황에서 상처를 회복하는 가장 좋은 방법은 비슷한 경험이 있는 사람들과 공감을 주고받는 것이다. 공감하고, 또 서로 위로할 때 온전한 회복과 치유를 경험할 수 있다. 우리 곁에 진심을 담아 위로와 공감을 해 줄 수 있는 사람들이 있는지 찾아보자. 그런 사람들을 많이 만나고, 또 우리 자신도 다른 사람에게 진심으로 공감해 줄 수 있는 그 한 사람이 되기를 바란다.

6.

직장에서 필요한 거리 두기

"전교학생회에서 쓰레기통 설치 이야기가 나온 거죠? 그러니까 관리도 전교학생회에서 하면 좋을 것 같아요."

행정실 주무관님의 말이 귀에 꽂혔다. 그와 다른 내 생각을 말하려고 했지만, 적당한 말이 떠오르지 않았다. 잠시 서 있다가, 알겠다고 하고는 교실로 돌아왔다. 하지만 계속 불편한 마음이 들었다.

2학기 전교학생회 임원 선거가 끝나고 며칠 후, 교장, 교감 선생님을 모시고 새로 뽑힌 전교학생회 임원들과 간담회를 했다. 교장 선생님이 전교학생회장인 나리에게 질문하셨다.

"학교생활 하면서 불편한 점은 없나요?"

나리가 잠시 고민하더니, 이렇게 답변했다.

"밖에서 놀다 보면 간혹 쓰레기가 생기는데, 실외에 쓰레기통이 없어서 불편해요. 쓰레기통을 설치해 주셨으면 좋겠어요."

교장 선생님이 난감한 표정을 지으며 말씀하셨다.

"실외에 쓰레기통이 있으면, 외부 사람들이 쓰레기를 버리기도 하고 관리가 잘 안 될 것 같아요. 쓰레기통 주변이 지저분해질 수도 있고요. 그래서 그동안 설치를 안 했던 거예요."

전교회장인 나리가 어렵게 꺼낸 이야기를 바로 거절하는 게 머쓱하셨는지, 교장 선생님이 말을 이으셨다.

"그래도 학생들이 원하면 한번 해 볼까요? 관리가 잘 되면 계속 유지하고, 관리가 안 되면 그때는 쓰레기통을 없애기로 하죠."

교장 선생님이 조심스럽게 허락을 하셨다. 이제 실외 쓰레기통 설치 관련 실무는 학생자치회 담당 교사인 내가 처리하면 될 일이었다. 나는 행정실을 찾아가서 자초지종을 설명했다. 행정실장님이 말했다.

"선생님께 학생 참여 예산제 관련 예산 권한이 있으니까, 그 예산으로 쓰레기통을 구입하면 어떨까요? 학생회에서 나온 의견이니까 학생회 차원에서 구입을 하는 게 아이들에게도 의미가 있을 것 같아요."

몇 해 전 도교육청에서 '학생 참여 예산제'라는 사업을 신설하였다. 학생들의 의견을 반영하여 그 예산으로 사업을 진행하라

leeyoung

는 것이다. 사업비도 넉넉하게 책정이 되었다.

학생회 차원에서 쓰레기통을 살 만한 돈은 충분히 있었다. 하지만 이런 생각이 들었다. 쓰레기통은 학교 시설물이니까, 행정실에서 구입하는 게 맞지 않을까? 학생회 담당 교사가 쓰레기통까지 직접 구입해서 설치해야 하나?

찜찜한 마음이 들었지만, 알겠다고 말했다. 행정실장님의 말처럼 전교회장으로부터 나온 의견이었기 때문이다. 내 일이 아닌 것 같다고 말하려다가, 괜히 일을 떠넘기는 것 같아서 더는 말하지 못했다.

쓰레기통 설치를 마치고, 다시 행정실을 찾았다.

"실외 쓰레기통 관리는 행정실에서 맡아 주시는 거죠?"

평소에 학교 청소를 해 주시는 분이 두 분이나 계셨기에 당연히 행정실에서 맡아 주리라 생각했다. 그런데 전혀 생각지 못한 말이 나왔다.

"그분들께는 계약서상에 명시된 일만 부탁드릴 수 있어서, 실외 쓰레기통 관리까지 부탁드리기는 어려울 것 같아요. 학생들이 의견을 냈으니까 학생회에서 직접 관리하면 더 좋지 않을까요?"

당황스러웠지만, 마땅히 대응해야 할 말이 생각나지 않았다. 알겠다고 하고는 교실로 돌아왔다. 조용히 책상 앞에 앉으니 그제야 아까 하고 싶었던 말이 떠올랐다.

"그러면 학생회 업무에는 실외 쓰레기통 관리까지 포함되어 있나요?"

혼자 이 말을 몇 번이나 반복했다. 행정실에서는 생각나지 않은 말이었다. 하지 못한 말이 자꾸 떠올라서 분했다. 행정실에 다시 찾아갈까 생각하다가, 관두기로 했다. 청소를 담당하는 교육공무직원들의 청소 구역이 이미 정해져 있고, 그분들의 업무가 과중하다는 말도 충분히 이해가 갔기 때문이었다. 그냥 올해는 내가 직접 관리해야겠다고 생각했다.

비단 쓰레기통 관리뿐만 아니라, 학교에는 여러 부서 간에 얽혀 있는 일들이 많다. 저경력 교사 시절, 안전교육 업무를 담당할 때였다. 하루는 교감 선생님이 전화로 나를 찾으셨다.

"학교에서 매월 4일에 안전 점검을 해야 해요. 선생님이 안전교육 담당이니까 전교 임원들을 데리고 매달 안전 점검을 하면 어떨까요?"

교감 선생님이 말씀하셨다.

"교내 안전 점검은 행정실에서 맡아 했던 일로 알고 있습니다. 그리고 전교 임원들은 학생자치회에서 담당하고 있고요."

내가 선을 긋자, 교감 선생님이 야박하다는 듯 말씀하셨다.

"행정실 시설 담당자가 그동안 안전 점검을 했던 것은 잘 알고 있어요. 학생자치회 담당 교사가 따로 있는 것도 알고요. 선생님이 안전교육을 담당하고 있으니, 교육적 차원에서 아이들과 직접 학교 구석구석 점검을 하면 의미가 있을 것 같아서 하는 말이에요. 내 일, 네 일 나누지 말고 서로 도우면서 하면 좋지 않을까요?"

교감 선생님의 말이 틀린 건 아니었지만, 왠지 모르게 찜찜했다. 그래도 더 이상 토를 다는 것은 예의가 아니란 생각에 문제 삼지 않기로 했다.

"네, 교감 선생님. 그럼 제가 해 볼게요."

교실로 돌아와서 매월 4일에 학생회 아이들과 안전 점검을 하겠다는 계획을 기안으로 작성하였다. 결재를 위해 전자 문서로 기안을 올렸는데, 업무부장교사가 나를 찾았다.

"선생님, 안전 점검은 행정실 시설 담당 업무인데요. 왜 선생님이 하려는 거예요?"

"행정실 주무관님 일도 많으니까 같이 도와서 하려고요. 매달 한 번씩 조금만 시간을 내면 되니까 제가 열심히 해 볼게요."

그러자 부장교사가 난감한 표정을 지었다.

열심히 하겠다는데 격려는 못할망정 못마땅한 표정을 지을 건 뭐람. 기분이 상했지만 내색하지는 않았다.

그런데 얼마 지나지 않아 그가 왜 그런 표정을 지었는지 알게 되었다. 처음엔 다른 사람을 돕는다는 마음으로 시작했지만, 그 날부터 안전 점검 관련 업무는 완전히 내 업무가 된 것이다. 안전 점검과 관련된 공문이 오면 모두 내게 배정이 되었다.

물론 근무시간 내내 행정 업무만 한다면, 여러 일을 직접 해도 문제가 없었을 것이다. 그러나 나는 담임교사를 맡고 있기에 쪼개어 쓸 수 있는 시간이 제한적이었다. 행정 업무에 시간을 할애한 만큼, 수업을 준비하거나 아이들을 위해 쓸 수 있는 시간이 줄어들었다. 우리 반에 마음을 더 쓰고 싶었지만, 다른 업무가 많아질수록 아이들을 위한 일에 온전히 집중하기가 어려웠다.

더 큰 문제는 한번 다른 사람의 업무를 떠맡으면 그게 선례가 된다는 것이었다. 내년도에 그 역할을 맡는 사람이 그 일도 계속 해야 했다. 다른 사람의 업무를 가져오는 것은 쉽지만, 다시 넘기는 것은 어렵기 때문이다. 그제야 다른 부서의 일을 떠맡아 왔을 때 부장교사가 난감한 표정을 지은 것이 이해가 갔다.

그 이후로도 불필요한 일들이 많이 넘어왔다. 친목회나 체육 업무를 맡고 있지 않았지만, 교직원 탁구대회 계획 및 진행 업무도 맡았다. 개인적으로 탁구를 좋아한다는 이유에서였다. 거절을 못하는 탓에 해야 할 일은 자꾸만 늘어 갔다. 자신의 일을 넘긴 사람들은 홀가분했을지 모르겠지만, 정작 중요한 우리 반 학생들에게 할애해야 할 시간과 에너지는 고갈되어 갔다.

지금은 '내 일'과 '네 일'을 구분하려고 노력하고 있다. 야박하더라도 내 일이 아닌 것에는 어느 정도 선을 긋고 거절 의사를 밝힌다. 한동안 거절하는 것을 잘해 왔다고 생각했는데, 마음을 놓고 있다가 애매한 일을 또 맡게 된 것이다. 갑작스럽게 생긴 실외 쓰레기통 문제에 제대로 대처하지 못해서, 일거리만 늘어난 것이 속상했다.

학교에서 근무하며 '우리는 교육 가족이다'라는 얘기를 수없이 들었다. 실제로 같이 근무하는 동료를 모두 가족이라고 생각한 적도 있다. 가족 간에는 경계도 없고 내 일, 네 일 구분도 없지 않던가. 그러나 직장 동료가 가족이 될 순 없었다.

정서적으로는 친밀함이 필요했지만, 이성적으로는 매 순간 일정한 거리 두기가 필요했다. 잠깐 허점을 보이는 순간, 그 허점을 타고 일거리들이 쏟아져 들어왔기 때문이다.

10년 넘게 근무하면, 업무, 학생 지도, 동료들과의 관계 모두 능숙할 줄 알았는데 아직도 미숙함이 많다. 하고 싶은 말이나 해야 할 말을 제때 하지 못하고 집에 돌아와서 혼자 끙끙 앓기도 한다.

거절을 하는 것도 중요하지만, 그 방법도 중요하다. 최소 1년 이상 함께 지내야 할 사람들이기에, 거절할 때 최대한 기분 상하지 않게 말하는 게 중요하다. 어떻게 하면 상대방 기분이 나쁘지 않게 거절을 잘 할 수 있을까? 동료 선생님께 그 비법을 물은 적이 있다. 선생님이 넌지시 내게 말했다.

"찜찜하고 곤란한 상황이라면 '잠깐 생각해 보고 이따가 말씀드려도 될까요?'라고 말해 보세요. 갑작스러운 상황에서 답변을 하면 잘못된 답변을 하기 쉽거든요. 한번 내뱉은 말은 뒤집기도 곤란하고요. 편안한 자리로 돌아와서 가만히 생각해 보면, 어떤 상황인지 파악도 잘 되고 해야 할 말도 정리가 잘 될 거예요. 충분히 생각해 보고 아니라는 생각이 들면, 그 후에 조용히 찾아가서 거절을 하면 돼요."

즉답을 피하고, 우선 여유 시간을 만들라는 그의 조언은 나에게 큰 힘이 되었다.

과거에는 직장에서 모두에게 좋은 사람이 되고 싶어서, 'Yes'만 외쳤다. 그런데 직장에서 모두에게 좋은 사람이 될 수 있을까? 또 굳이 그럴 필요가 있을까?

내가 항상 'Yes'를 말한다면 주변 사람들은 좋아하겠지만, 스스로에게 피해가 간다. 거절을 잘 하는 것도 직장 생활에서 꼭 필요한 기술이다. 해야 할 일과 그렇지 않은 일을 정확히 구별하고, 상대방의 기분이 상하지 않게 거절하는 방법을 익히는 것이 무엇보다 중요하다.

오늘도 나는 정신을 바짝 차리고 너무 가깝지도, 멀지도 않게 직장 동료들과 소통하려고 노력한다. 시간이 좀 더 지나면 지금보다 더 능숙하게 관계를 잘 맺을 수 있기를 기대하면서.

7.

B급 선생님

'왕년엔 말이야….'

동 학년 연구실에서 같은 학년 선생님들과 티타임을 가졌다. 자연스럽게 여러 이야기들이 오갔다. 임 선생님께 물었다.

"선생님, 지난 주말에는 뭐 하셨어요?"

"저는 저희 반 아이들 몇 명을 데리고 뷔페를 다녀왔어요."

"뷔페요? 아이들과요?"

"네. 학급회장 선거 전에, 새로 뽑힐 임원 아이들 3명을 뷔페에 데리고 가겠다고 약속을 했거든요."

"설마, 선생님 사비로 사 주신 거예요?"

"네, 사비로 사 줬어요."

임 선생님이 쑥스럽다는 듯이 멋쩍게 웃었다. 그와 함께 뷔페에 가서 신이 났을 아이들의 모습이 머릿속에 그려졌다. 임 선생님은 황금 같은 휴일에 사비까지 들여서 아이들을 챙겼다는 건가? 임 선생님이 대단하게 느껴졌다. 한편으론 이런 생각이 들었다. 나도 왕년엔 그랬었는데….

처음 교사가 되고 나서 몇 년은 아이들을 위한 이벤트를 많이 했다. 아이들과 나눠 먹으려고 종종 집 앞 마트에 들러 사비로 과일과 과자 등을 구입했다. 빼빼로데이를 앞두고는 '빼빼로'를 사서 우리 반 아이들 모두에게 나누어 주기도 했다. 현장학습을 가기 전날에는 들떠 있을 아이들을 생각하며 사비로 간식을 넉넉히 준비했다. 준비한 간식들을 아이들이 맛있게 먹어 주면, 덩달아 기분이 좋아졌다.

쉬는 시간에 혼자 있는 아이가 있으면 친구들에게 따돌림을 당하는 것은 아닌지 싶어 더 마음을 썼다. 표정이 좋지 않은 아이가 있으면 다가가서 말을 건넸다. 급식 시간에는 아이들 한 명, 한 명에게 인사를 건넸다. 학교 안에서도, 퇴근 후에도 아이들을 생각하며 마음을 쏟았다.

그런데 그해 학기 말에 예상치 못한 일이 발생했다. 매년 학기 말이 되면, 모든 학교에서 교사를 대상으로 다면평가를 실시한다. 학교에서 정한 기준에 따라 교사들을 S, A, B 세 등급으로 나누는 것이다. 상대평가 방식으로 30, 50, 20퍼센트의 비율로 등급을 부여한다. 각 교사에게 매년 등급을 매긴다는 것도 의아했지만, 등급에 따라 성과급까지 차등 지급된다는 것은 더욱 놀라웠다. 다면평가 발표 시기가 다가오면 학교 분위기가 묘하게 변했다.

내 경우, 이전까지는 항상 중간 등급인 A등급을 받았다. S등급은 대부분 부장교사가 받았기에, 평교사인 나는 A등급을 받는 것만으로도 충분히 만족스러웠다. B등급을 받으면 S등급을 받은 사람보다 성과급을 조금 덜 받았다. 성과급을 적게 받는 것은 상관없지만, B등급을 받으면 자존심이 상할 것 같았다.

그런데 그해, 나는 교직 생활 처음으로 B등급을 받았다. 등급이 잘못된 것은 아닌지 몇 번이고 확인했지만, 최하 등급을 받았다는 사실은 변함이 없었다.

일 년간 아이들에게 마음을 쏟았던 일들이 스쳐 지나갔다. 아이들을 위해서 일과 시간 후에도 시간을 썼던 일, 사비를 털어 간식을 사 주고 일일이 마음을 쏟았던 일도 떠올랐다. 그간의 노력을 아무도 인정해 주지 않는 것 같아서 마음이 아팠다. 무엇보다도 교내에서 하위 20퍼센트 교사라는 사실이 수치스러워서 견디기 어려웠다.

평가 기준을 다시 살펴봤다. 주당 몇 시간 수업을 했는가, 아이들을 데리고 대회에 나가서 상을 받아 왔는가, 공문을 몇 건 작성했는가, 연수를 몇 시간 들었는가 등 수치화할 수 있는 것들이 평가 기준이었다. 소외된 아이들에게 말 한번 더 걸어 주는 것, 따돌림당하는 아이를 위로하거나 갈등을 해결해 주는 것, 수업 시간에 의미 있는 수업 활동을 하는 것 등 수치화할 수 없는 것들은 애초에 평가 기준이 아니었다.

한동안 멍했다. 아이들 앞에 설 때면, B등급 교사라는 사실이 불쑥불쑥 떠올랐다. 마트에서 파는 고기에 등급이 찍혀 있는 것처럼, B등급 교사라는 낙인이 찍혀 있는 것만 같았다. 굳이 열심히 할 필요가 있을까? 그래 봐야 B등급 교사인걸.

아이들에게 마음을 더 쏟으려다가도 이내 관두었다. 최하 등급으로 평가받은 교사니까 딱 그만큼만 하면 될 일이었다. 그 후로 아이들에게 의미 있는 행동보다는, 평가에서 점수가 되는 일에 더욱 신경을 썼다. 공문을 하나라도 더 작성하고, 각종 대회에 아이들을 데리고 나가서 상을 받아 오려고 애썼다. 그렇게 B등급 교사에서 벗어나기 위해 노력했다.

그러다가 과거의 나처럼 대가를 바라지 않고 아이들에게 마음을 쏟는 선생님들을 만난 것이다. 아이들에게 마음을 쏟았던 옛날 생각이 났다. 나도 왕년에는 그랬었는데….

임 선생님을 향해 속으로 혼자 속삭였다.

'선생님, 그런 행동은 교사평가에 반영이 안 돼요.'

그러다 홀연히 이런 생각이 들었다.

'고작 다면평가에서 좋은 등급을 받으려고 일하는 건가?'

물론 평가에서 좋은 등급을 받고 성과급도 많이 받는다면 기분은 좋을 것이다. 하지만 늦은 나이에 어려운 과정을 거쳐 교직에 발을 들이게 된 것이 성과급을 잘 받기 위함은 아니었다. 평가 결과와 무관하게, 또 아무도 알아주지 않아도 아이들에게 마음을 쏟는 일이 내가 해야 할 일이라는 생각이 들었다.

'왕년에는 나도 그랬어', 이런 말은 아무런 의미가 없다. 과거에 그랬다고 말하는 사람은 현재에는 그런 행동을 하고 있지 않기 때문이다. 우리에게 중요한 것은 과거가 아니라 현재의 삶이다.

"당신이 아직 잘 몰라서 그래요. 내 나이가 되면 당신 생각도 달라질걸요?"

이런 생각과 말로 후배나 동료가 가진, 아이들을 향한 열정을 평가절하한 적이 있다. 사실 그건, 내가 현재는 그들처럼 아이들에게 헌신적이지 않다는 것에 대해 스스로 부끄러워서 했던 말은 아니었을까?

아이들에게 의미 있는 스승은, 자신의 성과를 위해서 아이들을 큰 대회에 데리고 나가고 큰 상을 받아 오는 사람은 아닐 것이다. 내가 생각하는 좋은 교사는 아이들에게 따뜻하게 말 한마디 더 걸어 주고 관심을 가져 주는 사람이다.

눈에 띄는 성과를 내는 교사이기 이전에, 눈에 보이지 않더라도 따뜻한 마음을 품은 교사가 되고 싶다. 비록 그 노력이 눈에 보이지 않고 수치화되지 않기에, 교원평가에서 높은 등급을 받지 못한다고 하더라도 말이다.

현재의 교원평가 방식으로 교사의 노력과 헌신을 온전하게 평가하지 못한다. 그래서 현직에 있는 대부분의 교사들과 많은 교원단체가 현재의 교사평가제도를 개선할 것을 요구하고 있지만, 무척 요원한 일이다.

그렇더라도 우리는 우리가 지금 할 수 있는 일을 해야 한다. 누가 알아주지 않아도 아이들에게 묵묵히 마음을 쏟는 일 말이다. S등급을 받지 못해도 아이들의 마음속에 긍정적인 영향을 줄 수 있다면, 그것만으로도 충분히 가치가 있다.

교사의 가르침도, 학생을 향한 마음도 수치화될 수 없다. 교육부에서는 성과급을 걸고 교사 간 경쟁을 시키면 교사들이 더욱 열심히 일할 것이라고 생각하는 듯하다. 하지만 실제 현장에서는 부작용이 일어나고 있다. 성과급으로 인해서 교사 간 불신과 갈등이 커지고 있는 것이다. 지금 교사에게 필요한 것은 경쟁이 아니라, 위로 아닐까?

"학교 현장에서 묵묵히 아이들을 위해 애써 주셔서 고맙습니다. 선생님들 덕분에 희망이 없던 아이들이 새로운 꿈을 갖게 되었습니다."

성과급 경쟁보다는 이런 진심 어린 위로와 격려가 지친 교사를 일으키는 힘이 되리라고 생각한다. 물론 학교 현장에도 일부 성실하지 않은 교사가 있다. 하지만 대부분의 교사는 각자의 교실에서 최선을 다해 아이들을 지도하고 있다.

이 시간에도 자신이 맡은 아이들을 잘 지도하고 싶어서 고민하고 있는 모든 선생님들께 진심을 담아 위로와 격려를 보낸다.

8.

옆 반 선생님의 꿈

"선생님, 피곤해 보이네요. 요즘 무슨 일 있어요?"

복도에서 우연히 만난 윤 선생님에게 말을 건넸다.

"어제 악몽을 꾸고 잠을 좀 설쳤거든요. 일 년에 한두 번은 꼭 이런 꿈을 꾸는데, 그날이었나 봐요."

"어떤 꿈인데요?"

윤 선생님이 망설이는 듯 잠시 주춤하더니, 곧 말을 이어 나갔다.

"우리 반 아이 한 명이 저한테 덤비는 꿈이었어요. 6학년을 맡을 때 아주 가끔 그런 꿈을 꿔요."

윤 선생님의 말에 몹시 당황스러웠다. 평소 반 아이들과 허물

없이 지내기로 유명한 윤 선생님에게서 그런 이야기가 나올 줄은 꿈에도 생각하지 못했기 때문이다.

"선생님은 아이들이랑 스스럼없이 잘 지내잖아요."

"고학년을 맡으면 아무래도 부담이 있나 봐요."

윤 선생님 마음속에도 그런 두려움이 있다는 사실이 놀라웠다. 어쩌면 이런 일이 윤 선생님만의 고민은 아닐 것이다. 내색하지 않을 뿐, 교사라면 다들 비슷한 고민을 갖고 있지 않을까? 나 역시도 종종 그런 생각을 한다.

5년 동안 내리 3학년 담임만 하다가 처음으로 6학년 담임을 맡았다. 그리고 현재까지 3년간 6학년 학생들을 지도하고 있다. 처음 6학년을 맡게 되었을 때 몹시 긴장이 되었다. 고학년 담임을 맡은 경험이 없었기 때문이다. 얼마나 긴장이 되었는지 새 학기 시작 전에 《6학년 담임 해도 괜찮아!》라는 책까지 사서 읽어 보았다. 6학년 담임을 맡기 전에, 상상했던 아이들의 모습은 이랬다.

수업 시간이 되면 성인처럼 몸집이 큰 아이들 몇몇이 고개를 삐딱하게 들고는 눈을 치켜뜨고 째려본다. 그 아이들을 살짝 회피하면서 다른 아이들에게 질문을 해 보지만, 아무도 손을 들지 않고 외면한다. 어쩔 수 없이 한 아이를 지목해서 발표를 시키면, 기분 나쁘다는 듯 책상을 툭 치고 일어난다. 그러더니 말없이 서서 한참을 노려보다가 답변을 한다. 쉬는 시간이 되면 삼삼오오 모여서 험담을 한다. 우리 담임 진짜 꼰대라고, 담임 진짜 싫다고.

실제로 6학년 아이들을 겪어 보니, 상상했던 것과 일부 비슷한 모습도 있었다. 특히, 아무도 발표를 하지 않으려 한다는 점이 그랬다. 하지만 대부분은 상상 속 모습과 달랐다. 막연한 두려움 속에서 상상했던 6학년 아이들에 비해서, 실제 6학년 아이들은 순수하고 귀여웠다.

초등학교 교사들이 선호하는 학년은 몇 학년일까? 교사마다 다를 수 있겠지만, 일반적으로는 중학년인 3, 4학년이 인기가 많다. 저학년인 1학년과 고학년인 6학년은 인기가 없다.

1학년은 유치원을 갓 졸업한 아이들이라 학교생활에 대해 세세한 부분까지 알려 줘야 한다. 또한 한글을 잘 모르기 때문에 교사가 말과 행동으로 직접 설명해 줘야 한다. 아직 어려서 주의집중을 잘 못하는 탓에, 같은 말을 수차례 반복해야 한다. 종합하면, 1학년은 아직 너무 어려서 지도하기가 어렵다.

6학년 아이들은 반대로 너무 커서 지도하기 힘들다. 몸은 어른만큼 성장했지만, 사춘기에 접어들어서 감정적으로 불안정하고 친구 관계에서 갈등이 많다. 그렇다 보니 다들 6학년 담임을 맡지 않으려고 한다.

6학년 담임을 맡은 첫해, 나는 이런 생각을 했다. 고학년 아이들이 작정하고 덤비면 어떻게 대응해야 할까? 물론 교사라는 직위도 있고 물리적인 힘도 아이들보다 내가 더 셀 것이다. 하지만 혹시라도 아이들이 작정하고 덤비면, 몹시 당황스럽고 마음이 많이 아플 것 같았다. 돌연 과거 학창 시절 기억이 떠올랐다.

중학교 1학년 때, 영어 선생님은 신규 교사였다. 선생님은 처음부터 친절하게 우리들에게 다가가려고 애썼다. 그런데 많은 아이들이 그런 영어 선생님을 무시했다. 영어 시간은 자유 시간이나 다름없었다. 삼삼오오 모여서 웃고 떠들었다. 어떤 아이들은 수업 시간 중인데도 대놓고 컵라면을 먹었다. 자유롭게 교실을 돌아다니는 아이들도 있었고, 심지어는 교실 뒤쪽에서 말뚝박기 놀이를 하거나 서로 몸을 부대끼며 짓궂은 장난도 쳤다.

처음 몇 번은 선생님이 아이들을 제지하려고 했다. 큰소리도 치고 때로는 부드럽게 타일렀다. 그러나 아이들은 들은 척도 하지 않았다. 언제부턴가는 선생님도 지쳤는지 우리를 잘 쳐다보지 않았다. 칠판만 보고 들릴 듯 말 듯 작은 소리로 혼자 수업을 했다. 선생님은 아무렇지 않은 듯 그렇게 수업을 하다가, 갑자기 교실 밖으로 나가서 울음을 터뜨렸다. 그런 일이 꽤 여러 번 있었다.

수업 시간에 통제가 되지 않는 아이들을 매일같이 만나야 했던 영어 선생님의 마음은 어땠을까? 만약 영어 선생님과 같은 상황에 처한다면, 나는 태연하게 잘 대처할 수 있을까?

몇 해 전, 모 고등학교에서 수업 시간에 학생이 욕설을 하며 빗자루로 교사를 폭행한 사건이 뉴스를 탔다. 언론 매체에서 심각하게 다루지 않을 뿐, 많은 선생님들이 학교 현장에서 학생들로부터 크고 작은 일로 교권침해를 당하고 있다. 오죽하면 교권침해 보험도 나왔을까? 〈백종원의 골목식당〉이란 방송에서 백종원 씨가 이런 말을 한 적이 있다.

"식당 종업원이 불친절하다고요? 그 종업원이 원래부터 불친절한 게 아니라, 과거에 특정 고객들로부터 숱하게 상처를 받았을 가능성이 높아요. 그러다 보니 이제는 고객들에 대해 보호막을 치고 불친절하게 되었을 거고요."

학교에서 근무하다 보면 홀로 지내는 교사들을 종종 본다. 그들은 학생과 동료 교사 모두에게 마음을 열지 않는다. 백종원 씨의 말처럼, 주변 사람들에게 상처를 많이 받아서 그런 것은 아닐까? 교사가 마음의 문을 닫아 버리면 교사 자신에게도, 또 학급 학생들에게도 피해가 돌아간다. 마음의 문을 닫아 버린 그들을 위해서 할 수 있는 일이 없을까? 아마도 가장 먼저는, 그들의 문제에 함께 공감해 주는 자세가 필요할 것이다. 상처가 더 깊어지고 벽이 더 단단해지기 전에 말이다.

교권침해는 누구나 겪을 수 있는 일이다. 교사가 능력이 부족하거나 무능해서 겪는 일이 아니다. 그럼에도 여전히 우리 사회에서는 교권침해를 교사 개인의 문제로 치부하는 경우가 많다.

그래서 교사들이 교권침해를 당해도 그 문제를 공론화하지 못하는 것이다.

오늘도 교실 한편에서 혼자 마음을 삭이고 눈물을 흘리는 교사가 있을지 모른다. 그들에게 필요한 것은 제도적인 보호와 더불어 그들의 목소리에 온전히 귀 기울여 주는 사람일 것이다. 한 아이가 소중하듯 한 사람의 교사도 소중하다. 우리 사회가 학생 인권에 관심을 갖는 것처럼, 교사의 인권에도 조금 더 관심을 가졌으면 좋겠다. 교사를 위하는 것이 곧 우리 아이들을 위하는 길임을 잊지 않았으면 좋겠다.

9.

함께 가실래요?

다른 지역에서 초등교사로 근무하는 친구로부터 늦은 시간에 메시지가 왔다. 걱정이 되어서, 그에게 얼른 전화를 걸었다.

"요즘 학교에서 무슨 일 있어?"

친구가 잔뜩 풀이 죽은 목소리로 대답했다.

"우리 반 아이들 간에 사소한 갈등이 있었는데, 그 문제가 양쪽 부모님의 갈등으로 커져 버렸어."

얼른 친구에게 되물었다.

"그래서 어떻게 했는데?"

"양쪽 학부모님과 여러 번 따로 만나고 대화도 하고 있지. 매일같이 통화도 하고 있고. 근데 생각처럼 해결이 잘 안 되네. 양쪽 모두 자기 편을 안 들어준다고 서운하다고만 하고…. 그래도 조금만 더 신경 쓰면 해결되겠지 뭐.”

친구가 학교 일로 스트레스를 심하게 받는 것 같아서 안타까웠다. 친구에게 말했다.

“너는 이미 할 만큼 한 것 같은데. 이제는 한 걸음 떨어져서 상황을 지켜봤으면 좋겠어. 혼자서만 고민하지 말고, 학교 안에서 다른 선생님과도 상의하며 일을 처리하면 어떨까?”

친구가 당황한 것처럼 느껴졌다.

“우리 반에서 일어난 일인데 어떻게든 내가 처리를 해야지. 주변 사람들에게 문제를 떠넘기고 싶지는 않아.”

예전부터 친구는 책임감이 강하고 남에게 싫은 소리 하는 것을 극도로 꺼렸다. 곧바로 내가 말했다.

“주변 사람들에게 부담을 주라는 말이 아냐. 무거운 짐을 주변 사람들과 함께 나누라는 거지.”

왜 친구에게 그렇게밖에 말할 수 없었을까?

교실에서 혼자 수업 준비를 하고 있는데 학교 복도에서 구두 소리가 날카롭게 들려왔다. 학생들이 하교한 뒤여서, 적막하던 학교에 긴장감이 흘렀다. 불길한 마음이 들었다.

‘이 시간에 학교에 올 사람이 없는데? 누구지?’

학부모 한 분이 우리 옆 반 교실로 급히 들어가는 것이 보였다. 그 후로 그 학부모님은 매일 같은 시간에 옆 반 교실을 방문했다. 당시 학년부장이었던 나는 옆 반에 무언가 큰일이 일어났음을 직감했다. 학부모님이 돌아가시기를 기다렸다가 옆 반에 가서 물었다.

"선생님, 요즘 무슨 일 있으신가요?"

선생님은 잠시 머뭇거리는 듯 보였다. 그러다 조심스럽게 말을 꺼내 놓았다.

"저희 반에서 최근에 사고가 있었거든요. 대명이가 칼을 가지고 혼자 장난을 치고 있었는데요. 대명이 앞에 앉아 있던 천수가 뒤를 돌아보다가, 대명이 칼에 오른손을 베였어요. 엄지손가락과 검지손가락 사이가 찢어져서 피가 많이 났어요."

선생님의 목소리에서 당혹스러움이 느껴졌다.

"그런 일이 있었군요. 그러면 일주일 동안 선생님을 찾아온 분은 누구인가요?"

"손가락을 다친 천수의 어머니예요. 속상한 마음에 저를 찾아오신 것 같아요. 계속 찾아오셔서 속상하다는 말씀을 하세요."

"네, 그렇군요. 구체적으로 어떤 말씀을 하시던가요?"

"상대 학부모님에게 치료비와 정신적 피해 보상비를 받아야겠다고 하시더라고요. 또 장난을 친 학생을 전학을 보내든지, 반을 바꾸든지 후속 조치를 취해 달라고 하시고요."

이러한 상황을 대명이 학부모님에게 전달하고 의논하는 과정에서 선생님이 얼마나 힘들었을지 상상이 되었다.

"대명이 부모님은 뭐라고 하세요?"

"아이들이 한창 크는 와중에 학교에서 장난을 치다가 그럴 수도 있는 건데, 말도 안 되는 이야기라고 펄쩍 뛰시죠. 원래는 천수의 어머니께 사과하려고 했는데, 자신이 받아들일 수 없는 주장만 하니까 이제는 사과하고 싶은 마음도 없다고 하세요. 양쪽 부모님이 서로 원하는 게 다르니, 중간에서 참 난처하네요."

담임교사가 중간에서 얼마나 곤혹스러웠을지 마음이 짠했다.

"선생님 혼자 마음고생을 많이 하셨겠네요. 앞으로는 함께 고민해 봐요."

이후에 양측 학부모를 함께 만나 보았지만, 문제가 근본적으로 해결되지는 않았다. 결국 교장 선생님께 소상하게 사건을 말씀드리고, 교장실에서 양측 부모님을 만나서 협의하였다. 사건이 잘 마무리된 후에 옆 반 선생님이 말했다.

"사실, 매일 밤 혼자서 고민했거든요. 한 달간 머리를 싸매고 고민을 해도 해결이 안 되었는데, 부장 선생님과 교장 선생님의 도움을 받으니, 이렇게 문제가 쉽게 해결되네요. 진작 상의해 볼 걸 그랬어요."

옆 반 선생님의 홀가분한 마음이 느껴졌다. 문제가 잘 해결되어 정말 다행이라는 생각이 들었다.

학교에서는 크고 작은 일들이 수없이 일어난다. 안타까운 점은 대부분의 담임교사들이 혼자서 문제를 해결하려고 애쓴다는 것이다. 자신의 반에서 일어난 일이기에, 모든 일을 자신이 떠맡아서 해결하려고 한다. 그렇지만 담임교사 한 사람이 갖고 있는 영향력은 극히 제한적이다. 평소에는 담임교사가 학급 내에서 절대적인 권한을 갖는 것 같지만, 문제가 발생하면 상황이 달라진다. 담임교사가 양측을 중재하는 것 외에는 할 수 있는 일이 별로 없는 것이다.

담임교사가 양측을 중재하는 데 에너지를 다 써 버리면, 학급 아이들에게는 소홀해질 수밖에 없다. 갈등이 장기간 계속되면 중재 과정에서 교사가 정신적으로나 육체적으로 어려움을 겪기 마련이다. 그러므로 이런 상황에 이르기 전에 부장교사나 관리자와 함께 논의하여 어려움을 해결해야 한다. 다양한 경험과 권한을 갖고 있는 그들과 힘을 합쳐 방법을 찾는다면, 조금 더 문제를 수월하게 해결할 수 있다.

다행스러운 점은, 최근 들어 교사의 이러한 어려움을 교육부 차원에서 함께 공감하고 있다는 것이다. 얼마 전부터 교내 학교폭력 사건의 경우, 교육지원청에서 사건을 전담하여 일을 처리하고 있다. 이러한 작은 변화가 교육 현장에 있는 교사와 아이들에게 큰 도움이 될 수 있을 것이라고 생각한다.

'혼자 가면 빨리 가고 함께 가면 멀리 간다'. 이 말처럼, 일 년간 담임을 맡은 교사 혼자서 외롭게 가지 않고, 학교 구성원 모두가 협력하여 멀리 가려는 자세가 필요하다. 교육은 단기간에 끝나는 100미터 달리기가 아니라, 42.195킬로미터 마라톤과 같은 일이기 때문이다.

우리는 누구나 자신이 있는 곳에서 어려운 문제에 부딪칠 수 있다. 그런 상황에서 우리에게 정말 필요한 사람은 우리의 어려움에 마음 깊이 공감해 주고 도와주려는 사람이다. 문제에 부딪쳤을 때 어려움을 겪는 가장 큰 이유는 혼자서 너무 큰 짐을 지고 있기 때문이다. 우리는 주변 사람들과 어려움을 좀 더 나눌 수 있어야 한다. 내가 문제를 꺼내 놓으면, 주변 사람들은 내 생각보다 훨씬 진지하게 공감해 주고 함께 고민해 준다. 우리 주변에는 우리의 생각보다 좋은 사람들이 훨씬 더 많다.

10.

친절한 선생님, 단호한 선생님

3월 어느 날이었다. 우리 반 교실에서 아이들이 떠드는 소리가 들렸다.

"휴!"

심호흡을 크게 한번 한 후, 교실로 들어갔다. 짐짓 화난 표정을 하고 큰 소리로 아이들에게 말했다.

"선생님이 아침 활동 시간에 조용히 책 읽으라고 했지!"

그러자 아이들이 눈을 동그랗게 떴다. 틈을 주지 않고 연이어 큰 소리로 말했다.

"선생님이 웃으면서 말하니까 우습게 보이니!"

아이들이 주위를 두리번거리며 당황스러워했다.

아이들이 소란스럽긴 했지만 이 정도로 화를 낼 일인가? 사실, 화를 내면서도 한편으로 아이들에게 미안했다. 웃으며 상황을 수습할까 하다가, 그냥 처음 그대로 밀고 나가기로 했다. 지난해처럼 지내고 싶지는 않았기 때문이었다.

지난해에도 우리 반 아이들은 30명이나 되었고 항상 소란스러웠다. 수업 시간에도 아이들이 수시로 떠드는 탓에 늘 시장 한복판에 서 있는 것 같았다. 큰 소리로 말하지 않으면, 목소리가 아이들에게 전달되지 않을 정도였다. 아이들을 지도하는 것이 버거웠고, 퇴근 후에는 항상 목이 아팠다.

우리 반 아이들이 차분하고 조용했으면 좋겠다고 생각했다. 그 마음이 나중에는 제발 수업 시간만이라도 조용하기를 바라는 마음으로 바뀌었다. 그러나 내 간절한 바람과 달리 우리 반 아이들은 변함없이 시끄럽고 소란스러웠다.

그렇게 한 해가 지나고, 학기 말에 혼자서 생각에 잠겼다.

'무엇이 문제였을까? 웃으면서 친절하게 대하니까, 나를 만만하게 본 걸까? 다음 해에는 무서운 교사가 되어야겠어!'

고민 끝에 이렇게 결론을 내렸다.

교실에 들어서자마자 아이들에게 무섭게 화를 낸 것은 이런 이유 때문이었다. 학년 초에 무서운 모습을 보이면, 아이들이 담임을 만만하게 보지 않을 것이라고 생각했다. 학급 분위기도 차분하게 잘 잡히고, 아이들이 함부로 행동하지 않을 것이라고 믿었다.

이날 이후로도 지속적으로 엄한 모습을 보이려고 했지만, 결국 오래가지는 못했다. 아이들의 굳은 얼굴을 볼 때마다 죄책감이 들었기 때문이었다. 다시 이전처럼 부드럽게 아이들을 대했고, 금세 교실이 소란스러워졌다.

결국 이번 해도 우리 반 상황은 지난해와 크게 다르지 않았다. 그렇게 시간은 흘러 12월 어느 날, 아이들과 함께 한 해를 돌아보는 시간을 가졌다.

"1년 동안 우리 반에서 여러 가지 일들이 있었죠? 가장 기억에 남는 일을 떠올려 그림으로 그려 볼까요?"

아이들이 각자 그림을 그려서 칠판에 붙였다. 하나하나 살펴보는데 유독 시선을 붙잡는 그림이 있었다. 커다란 사람이 잔뜩 인상을 쓰고 서 있는 그림이었다.

"이 그림, 누가 그렸죠? 어떤 그림인지 설명해 줄 수 있나요?"

영수가 난처하다는 표정을 지었다.

"그게…."

영수를 안심시키며 말했다.

"괜찮아요. 어떤 이야기든 친구들에게 자신 있게 말해 보세요."

영수가 한숨을 푹 쉬고는 말했다.

"우리 반에 와서 일주일 정도 지났을 때예요. 아침 활동 시간에 책을 보고 있었는데요. 선생님이 갑자기 들어와서, 책을 읽지 않는다면서 우리에게 잔뜩 화를 냈어요. 책을 열심히 읽고 있었는데 억울했어요. 그날 선생님의 얼굴이 너무 무서웠어요. 그래서 그날이 생생하게 기억나요."

영수의 이야기를 들으며, 머릿속이 하얗게 변했다.

'1년 동안 학급 안에서 수많은 일들이 있었는데, 내가 버럭 화를 낸 모습만 기억하고 있구나.'

화만 잔뜩 낸 교사로 아이들 머릿속에 기억된다고 생각하니 마음이 쓰렸다. 화를 내서 교실 분위기가 달라진 것도 아니었는데. 결과적으로 아이들의 마음도 얻지 못하고, 교실 분위기도 제대로 잡지 못한 것이 아닌가. 두 마리 토끼를 모두 놓친 기분이 들어서 속상했다.

아이들에게 그런 선생님으로 남고 싶지 않은데 도대체 어떻게 해야 할지, 뾰족한 해답이 보이지 않았다. 그날 수업이 모두 끝나고, 옆 반 김 선생님께 나의 문제 상황을 털어놓았다.

"김 선생님이 아이들에게 화내는 모습은 본 적이 없는 것 같아요. 그런데 어떻게 김 선생님 반은 질서가 잘 잡혀 있는 거죠? 큰 소리를 내지 않고도 아이들을 잘 이끌어 나갈 수 있는 비결이 있을까요?"

김 선생님이 빙그레 웃으며 말했다.

"저도 아이들에게 항상 친절한 것만은 아니에요. 친절하면서도 단호한 모습을 보여 주려고 노력하죠."

"선생님도 화를 내세요? 항상 친절하신 줄만 알았는데요."

"필요할 때는 무섭고 단호한 모습도 하죠. 항상 웃는 모습만으로는 아이들과 함께 수업을 해 나갈 수 없어요."

김 선생님과의 대화 이후에 생각이 더 많아졌다.

옆 반 선생님은 항상 웃는 모습인 줄 알았는데, 단호한 모습을 보인다는 사실이 놀라웠다. 그러면서 나를 돌아봤다. 이분법적으로 '친절한 교사는 좋은 교사이고 무서운 교사는 나쁜 교사'라는 생각을 갖고 있었다. 좋은 교사가 되고 싶어서 항상 친절하고 배려심 깊은 모습을 보이려고 노력했지만, 생각처럼 되지 않았다. 친절한 모습을 유지하다가도 이따금 참지 못하고 불같이 화를 냈다. 화를 내는 교사는 나쁜 교사라고 생각했기에, 화를 내는 순간에도 속으로는 끊임없이 스스로를 자책했다.

이분법적인 생각에는 문제가 있었다. 많은 아이들과 일 년을 함께 지내면서 항상 웃는 모습만 보일 수는 없는 일이었다. 여럿이 생활하는 교실에는 명확한 질서가 필요했고, 질서를 잡기 위해서 때로는 엄하게 훈계하는 모습도 필요했다.

그날 이후로 나는 아이들에게 엄한 모습을 보일 때에도 스스로를 자책하지 않았다. 평소엔 친절하고 배려심 깊지만 필요할 땐 엄격하려고 노력했다. 그러자 해가 갈수록 우리 반 분위기는 좋아졌고, 아이들도 한결 편안해진 모습으로 생활하게 되었다.

우리는 문제가 발생하면 다른 사람 탓을 하곤 한다. 그런데 가만히 생각해 보면 나 스스로가 원인인 경우도 많다. 교실에서 발생하는 문제들도 모두 아이들이 원인인 것 같지만, 담임교사가 원인인 경우도 있다. 담임교사의 잘못된 생각이나 신념이 문제를 일으키는 것이다. 그래서 교실에서 문제가 발생하면, 먼저 스스로를 돌아보려고 한다. 아이들을 일방적으로 탓하기 전에, 우선 내 생각과 행동이 맞는지 따져 보는 것이다.

우리는 시간이 흐른 만큼 스스로 성숙해지기를 바란다. 하지만 나이를 먹는다고 자연스럽게 성숙해 가는 것은 아니다. 스스로를 돌아보는 과정 없이는 개인이 가진 잘못된 생각과 신념이 바뀌지 않기 때문이다. 오히려 시간이 흐를수록 자신의 그릇된 신념이 굳어져서 소위 꼰대가 될 수도 있다. 꼰대를 좋아하는 사람은 아무도 없는데 말이다.

앞으로 10년, 20년 후에도 아이들과 마음을 나누고 싶다. 그러기 위해서는 성숙한 교사는 못 되더라도 최소한 꼰대 교사는 되지 말아야겠다. 그러면 나이가 들어도, 아이들과 교실 안에서 소통할 수 있지 않을까?

한 아이를 이해하는 출발점

3장

"힘들어도 괜찮은 척 살아가는
소심한 교사이지만
우리 반 아이들에게는 진심입니다."

1.

생활 표시가 붙은 아이

새 학기를 앞두고, 아이들은 누구나 반 배정에 대한 설렘과 불안을 동시에 갖는다. 담임교사도 별반 다르지 않다.

학교마다 다르겠지만, 우리 학교에선 선생님들이 제비뽑기로 학급을 결정했다. 아이들을 미리 나눠서 A반, B반 등으로 배정한 후에 선생님들이 알파벳을 뽑는 식이다.

반 배정 후, 우리 반 학생 명부를 살펴보았다. 학생 명부에 '생활'이라고 표시된 아이들이 있었다. '생활 지도가 필요한 아이'라는 의미로 전년도 담임교사가 적어 놓은 것이다. 다음 담임교사를 배려하기 위한 것이라지만, '생활' 표시가 있는 명부를 볼 때면 마음이 불편했다. 아이들에게 부정적인 낙인을 찍는 것 같아

마음에 들지 않았기 때문이다. 그런데 참 간사하게도, 그 아이들이 우리 반에 배정되는 것은 썩 달갑지 않았다.

몇 해 전 만난 규선이도 '생활' 표시가 붙은 아이였다. 규선이는 첫날부터 예사롭지 않았다. 새 학년 첫날 자기소개 시간, 규선이는 자신의 차례가 되자 터덜터덜 교실 앞으로 걸어 나왔다. 고개를 삐딱하게 숙이고 친구들을 노려보며 자신을 소개했다.

"안녕. 내 이름은 규선이야. 음, 내가 무슨 말부터 하려고 했지? 아, 맞다. 생각났다. 나는 작년에 7반이었어. 어디까지 했더라? 아, 그러니까 내 말은…."

혼잣말인 듯 아닌 듯, 종잡을 수 없는 규선이의 이야기가 두서없이 이어졌다. 규선이의 모습을 보며, 전년도 담임 선생님이 왜 '생활' 표시를 해 놓았는지 이해가 갔다.

일주일 후, 학급회장 선거가 있었다. 정말 놀라운 일이 벌어졌다. 규선이가 학급회장 후보로 본인을 추천한 것이다. 혹여나 반 아이들이 장난으로 투표해서 규선이가 회장으로 당선되면 어쩌지?

규선이가 우리 반을 대표하는 회장이 된다고 상상하니 마음이 어수선했다. 다행히 아이들이 진지하게 투표한 덕분에 규선이는 달랑 1표를 받고 낙선했다. 선거가 끝난 후에 혼잣말을 하던 규선이가 갑자기 다가와 물었다.

"선생님, 회장 되려면 어떻게 해야 해요?"

"친구들의 마음을 얻어야지. 네가 어려운 친구들도 도와주고, 학급에서 모범적인 모습을 보인다면 친구들이 널 뽑아 주지 않을까?"

규선이에게 이렇게 이야기를 했지만, 솔직히 그건 좀 불가능해 보였다. 욕도 잘하고 화가 나면 손부터 나가는 규선이가 모범적인 아이로 변한다는 것을 상상할 수 없었기 때문이다. 하지만 그날 이후로 규선이는 완전히 다른 사람이 되었다. 소외된 친구가 보이면 기꺼이 친구가 되어 주었고, 교실에서 말다툼이 벌어지면 제일 먼저 나서서 중재했다. 평소에 잘하던 욕도 하지 않고, 친구들에게 친절하게 대하려고 노력했다. 규선이의 변한 모습에 친구들도 금세 마음을 열었다.

시간이 흘러 2학기 학급회장을 뽑는 날, 명찬이가 규선이를 학급회장 후보로 추천하였다. 그리고 회장 선거 결과, 드디어 규선이는 당당하게 우리 반 회장이 되었다. 규선이가 친구들에게 인정받아 학급회장이 된 사실이 놀랍고 대견했다.

사실, 규선이는 부모님과 형으로부터 사랑을 받지 못하고 자란 아이였다. 규선이보다 두 살 많은 형이 종종 그를 때렸고, 부모님은 형제의 그런 모습을 보고도 방치했다. 그래서인지 규선이는 집에 가기 싫다는 이야기를 종종 했다. 어려운 가정환경 속에서도 학교에서 친구들을 배려하려고 노력하는 규선이가 안타깝고 또 기특했다.

문득 지금까지 '생활' 표시를 달고 우리 반에 왔던 아이들이 머릿속을 스쳐 지나갔다. 나 또한 그 아이들을 섣불리 낙인찍은 것은 아닐까 하는 생각이 들면서, 아이들에게 미안했다. 그동안 그 아이들을 있는 그대로 바라보지 못했구나. '생활에 문제가 있는 아이'라는 고정된 틀 안에서 그들을 바라보았기에, 그들의 가능성과 진가를 발견하지 못했구나. '생활'이란 꼬리표를 인식하지 않았다면 그 아이들을 대하는 태도도 달라졌을 텐데. 그러면 그 아이들의 행동도 이전과는 다르지 않았을까?

앞으로는 선입견 없이 학생들에게 다가가겠다고 다짐했다. 작년에 말썽꾸러기로 낙인찍혔던 아이일지라도 새로운 학급에서는 전혀 다른 모습으로 지낼 수 있다. 선입견 때문에 아이가 새롭게 평가받을 기회 자체를 놓치는 일은 없어야 한다.

사람은 누구도 단편적으로 평가할 수 없다. 좋은 사람이나 나쁜 사람으로 쉽게 규정할 수 없는 것이다. 그럼에도 우리는 단편적인 선입견을 가지고 타인을 대할 때가 많다. 이전에 정해진 평판으로 상대를 쉽게 단정해 버리는 것이다. 그때 우리는 상대의 진면목을 발견할 귀한 기회를 잃어버리게 된다. 나쁜 사람 또는 어리숙한 사람으로 누군가를 규정하는 순간, 그 사람 안에 있는 소중한 보물들을 발견할 수 없게 되기 때문이다.

사람은 누구나 좋은 면도 있고 그렇지 않은 면도 있다. 좋은 교육자라면 사람 안에 있는 변화와 성장의 가능성을 외면하는 일이 없도록 해야 한다. 다른 사람이 내린 평가에 너무 신경 쓰지 않는다면, 사람의 진면목을 발견할 기회는 더 많아질 것이다. 편견을 거두고 상대의 진가를 알아볼 수 있기를 바란다. 또한 상대의 가능성을 있는 그대로 바라볼 수 있는 눈이 열리기를 바란다.

2.

교실 밖으로

"선생님, 옆 반은 버스 타고 체험학습 간대요. 우리 반은 안 가요?"

유리창을 통해 여름 햇살이 뜨겁게 쳐들어오는 어느 날, 상석이가 나에게 따지듯 물었다.

"옆 반 애들은 수업 시간에 조용하고 집중도 잘한다더라. 선생님이 이렇게 말하면, 너는 기분이 어때?"

"기분 안 좋아요."

"선생님도 그래. 다른 반이랑 비교하면 기분이 나빠. 우리 반은 우리 반대로 옆 반은 옆 반대로 각자 계획이 있는 거니까, 옆 반과 비교하지 않았으면 좋겠어."

이렇게 넘기긴 했지만, 상석이의 원망 섞인 눈빛이 마음에 남았다. 그동안 너무 교실에만 있었나? 코로나19도 조금 잠잠해졌는데, 이참에 우리 반도 야외에서 수업 한번 해 볼까?

예전에는 학년별로 함께 움직이는 경우가 많았지만 최근에는 거의 대부분 학급별로 활동한다. 각 반 특성에 맞게 학급 교육과정을 운영하기도 하고, 코로나19로 집단 활동이 어렵기도 한 까닭이다. 반별로 특색 있는 활동을 할 수 있다는 장점이 있지만, 옆 반과 종종 비교당한다는 단점도 있다. 특히, 옆 반에서 재미있는 활동을 하면 곧장 비교당했다.

사실 나는 가능하면 교실에서 수업하려고 한다. 아이들과 야외로 나갔다가, 사고가 날까 봐 두렵기 때문이다. 잔뜩 들뜬 아이들에게 무슨 일이라도 생길 것만 같고, 통제 불능 상황에 대해 걱정이 꼬리에 꼬리를 물고 이어졌다. 하지만 집에 돌아와서도 상석이와 아이들의 서운해하는 눈빛이 머릿속을 맴돌았다. 결국 다음 날, 우리 반 아이들에게 말했다.

"우리 반도 야외 수업 갈까?"

"우아, 좋아요."

아이들이 크게 환호했다.

"당장 버스를 빌릴 수는 없으니 40분 정도 직접 걸어가야 해. 그래도 괜찮아?"

"한 시간 넘게 걸어도 끄떡없어요."

"중간에 힘들다고, 투정 부리기 없기다!"

"그럼요. 당연하죠."

우리는 한바탕 웃었다. 그러고 나서 바로 학교 근처 공원으로 현장학습을 하러 나갔다.

학교에서 그리 멀지 않은 공원에 가는데도, 출발 전부터 아이들이 잔뜩 들떠 있었다. 코로나19 때문에 몇 년 동안 체험학습을 가지 못했으니, 다 함께 밖에 나가는 것만으로도 즐거운 아이들의 마음이 십분 이해가 되었다. 그사이 아이들의 체력이 약해지지 않았을지, 별 탈 없이 잘 다녀올 수 있을지 걱정이 되었지만, 믿고 가 보기로 했다. 아이들은 재잘재잘 친구들과 이야기를 주고받으며, 다행히도 공원에 모두 잘 도착했다.

학교 인근에 있는 공원이라 혼자서 셀 수 없이 많이 와 봤지만, 아이들과 함께 오니 느낌이 남달랐다. 주말이나 저녁 시간에 주로 왔었기에, 평일 오전의 한적한 공원 모습은 더욱 새로웠다. 마치 우리가 공원 전체를 전세 낸 것 같아서, 아이들도 나도 더욱 신났다.

"한 시간 동안 모둠별로 자유롭게 돌아다니면서 풍경 사진을 찍어 보세요. 내일 미술 시간에는 여러분이 직접 찍은 풍경 사진을 가지고 수채화로 표현해 볼 거예요. 수채화 재료로 쓸 풍경 사진을 다 찍으면 친구들과 자유롭게 사진을 더 찍어도 좋아요."

아이들이 삼삼오오 공원을 거닐었다. 마스크를 쓰고 있었지만, 그런 아이들의 모습이 평화로워 보였다. 마지못해 야외로 나왔지만, 막상 밖에 나오니 그동안 학교에서 느끼지 못했던 자유로움이 느껴져서, 나도 기분이 좋았다.

풍경 사진을 다 찍은 후, 단체 게임 시간이 되었다. 어떤 게임을 하고 싶은지 묻자, 아이들이 한참을 고민하다가 대답했다.

"모두 다 같이 수건돌리기를 하고 싶어요."

아이들의 대답에 조금 당황스러웠다.

"수건돌리기를 하자고? 진짜?"

"네, 진심이에요. 다 같이 수건돌리기 하면 진짜 재밌을 것 같아요."

21세기에 다 큰 6학년 아이들을 데리고 수건돌리기를 할 줄이야. 그래도 아이들이 원한다면야.

곧 게임이 시작되었다. 까르르 웃어대며 즐겁게 수건돌리기를 하는 아이들이 참 귀여웠다. 아이들의 천진난만한 모습도 야외에서 보니 더욱 빛이 났다. 즐거운 시간은 어찌 그리 빨리 지나가는지, 금세 학교로 돌아갈 시간이 되었다.

"선생님, 조금만 더 놀다가 가면 안 돼요?"

아이들이 더할 수 없이 안타까운 표정을 지어 가며, 한목소리로 말했다.

"너희들이 원하면, 날 잡고 한번 더 오지 뭐. 공원으로 체험학습 오는 것은 어렵지 않으니까."

"네, 좋아요."

기어이 다음에 또 오겠다는 다짐을 받고서야 하나둘 자리에서 일어났다.

"다시 40여 분을 걸어가야 하는데, 모두 괜찮은 거지?"

"네."

힘차게 대답하기에, 힘이 남아 있는 줄 알았다. 그런데 출발하고 10분 정도 지나자, 아이들 몇 명이 뒤처졌다.

"선생님, 도저히 못 따라가겠어요. 저희는 조금 쉬었다가 천천히 따라갈게요."

20분 정도 지나자, 몇몇 아이들이 헉헉거리며 멈춰 섰다. 나머지 아이들도 힘든 내색이어서, 더 이상 앞으로 나아갈 수 없었다.

"선생님, 저는 목이 너무 말라요."

"조금만 참아 봐. 학교에 가면 원 없이 마실 수 있잖아."

"선생님, 그때까지 도저히 못 참겠단 말이에요."

"정말 못 참겠어?"

"네. 목이 말라서 한 발짝도 못 가겠어요."

"그럼, 물만 있으면 갈 수 있는 거야?"

"네."

아이들을 똑바로 바라보면서 큰 목소리로 말했다.

"그래, 기분이다. 선생님이 물 쏜다!"

"우아!!! 선생님 최고!!!"

아이들의 환호를 뒤로하며 위풍당당 편의점에 들어갔다. 그리고 냉장고에 있던 시원한 물 30개를 사서 나누어 주었다. 편의점에 있는 물 중에서 제일 비싼 물을 사 주는 거라며 잔뜩 생색을 냈다. 작은 물 한 병씩 사 주었을 뿐인데, 아이들이 "선생님 멋져요", "선생님 최고"를 외쳤다. '선생님 최고' 소리를 일 년 중 가장 많이 들었다. 교실에서 에어컨 바람 쐬면서 편히 수업할 때는 상상도 못했을 일이다.

"물이 이렇게 맛있는지 몰랐어요."

시원한 물 한 병의 효과는 대단했다. 우리 모두는 한 손에 물 한 병씩 든 채, 개선장군처럼 무사히 학교로 돌아올 수 있었다. 공원으로 현장학습을 다녀온 뒤로 몇 차례 더 야외 수업을 했다.

우리가 교실에만 있었다면 물 한 병의 소중함을 알 수 없었을 것이다. 또 수건돌리기를 하며 멋진 추억을 만들 일도 없었을 것이다. 다음번에 아이들과 현장학습을 할 때는 아이스크림을 하나씩 사 줄까? 칭찬은 고래도 춤추게 한다더니, 아이들의 칭찬이 모험정신 부족한 나를 밖으로 또 밖으로 향하게 한다.

3.

한 아이를 이해하는 출발점

내 마음속에 아이들과 나 사이를 가로막는 견고하고 높은 담이 있었다. 아이들과 온전하게 마음을 나누고 싶었지만, 스스로 세운 담으로 인해 쉽게 다가갈 수 없었다. 그러다가 '그 일'이 일어났고, 견고하던 마음속 담에도 균열이 생겼다.

교실에서는 때때로 도난 사건이 일어난다. 그러나 교사의 물건이 사라지는 경우는 거의 없다. 아무리 간 큰 사람이라도 교사의 물건에 손을 대기는 쉽지 않기 때문이다. 그런데 지갑 안에 넣어 둔 돈이 반복적으로 사라졌다. 지갑을 제대로 관리하지 못한 내 잘못도 있지만, 학교에서 여러 번 돈이 사라지는 일은 처음이라 무척 당황스러웠다.

다행히 얼마 지나지 않아서 도난 사건의 범인을 찾게 되었다. 범인은 바로 우리 반 정수였다. 정수의 어머니께 전화로 이 사실을 알리자, 정중하게 사과하셨다. 나는 그 사건을 공개하지 않고 조용히 덮었다. 그 일을 문제 삼지 않았던 이유는 정수가 장애가 있는 아이였기 때문이다.

하지만 속이 많이 상했던 건 사실이다. 그동안 내가 얼마나 잘해 줬는데 담임 지갑에 손을 대. 웃으면서 잘해 주기만 하니까 만만해 보였나? 원망을 품은 생각이 꼬리에 꼬리를 물었다. 정수에게 항상 애정 어린 관심을 기울여 왔다. 이런 마음도 몰라주고 내 물건에 손을 대다니. 비단 이 일뿐만이 아니다. 아이들에게 쏟은 관심과 애정이 늘 좋은 반응으로 돌아오는 건 아니었다.

'아이들에게 마음을 너무 주면 괜히 상처만 더 받게 된다니까….'

마음속 담이 조금씩 높아졌다. 나는 상처는 받고 싶지 않았기에 아이들에게 최소한의 마음만 주겠다고 다짐했다. 그러는 사이 아이들 한 사람, 한 사람에게 마음을 쓰기보다는 하나의 무리로 보고 반 아이들을 통제하게 되었다. 그렇게 한 해를 보내고, 아이들이 우리 반을 떠나갔다.

다음 해, 우연한 기회로 학교 선생님 몇 분과 정수의 집에 방문하게 되었다. 정수의 어머니가 반갑게 맞아 주셨고, 정수는 책상에 앉아서 공부를 하고 있었다. 우리는 인사를 나누고 상담을 하였다. 어머니는 홀로 정수를 키우며 직장에 다니느라 정수에게 충분한 관심을 기울일 수 없었다고 속마음을 이야기하셨다. 정수와 함께하는 시간을 더 많이 갖고 싶었지만, 생계를 위해서 직장 일도 소홀할 수 없었던 것이다. 어느 정도 상황을 알고 있기는 했지만, 직접 그 이야기를 들으니 마음이 더 짠했다.

한참 이야기를 듣다 보니, 정수가 특별하고 소중한 아이라고 생각되었다. 그동안 학교에서 정수를 볼 때, 퍼즐 속 한 조각으로만 본 것은 아닌지…. 가정 방문을 하면서 겨우 정수가 퍼즐 속 한 조각이 아닌 퍼즐 전체라는 것을 깨닫게 되었다.

아이들과 나 사이에 담을 쌓고, 그 담 너머의 아이들을 하나의 학급으로만 보았던 것이 부끄러워지는 순간이었다. 아이들을 제대로 품지 못했던 스스로를 반성하게 되었다. 그날의 가정 방문은 낯설고도 많은 생각을 하게 하였다. 또 스스로 담을 허무는 계기가 되었다. 작년에 이런 마음이 들었다면 아이들에게 좀 더 마음을 썼을 텐데. 뒤늦게 우리 반 아이들 한 명, 한 명에게 미안했다.

놀라운 것은 그날 이후 정수의 변화였다. 같은 학교에 있었지만, 진급한 후 한 번도 찾아오지 않았던 정수가 방과 후에 음식을 들고 종종 나를 찾아왔다.

"선생님, 이것 드세요."

정수는 무심한 듯 음식만 놓고 금세 가 버렸다. 이 상황이 믿기지 않았다. 정수에게 음식이 어떤 의미인지 잘 알고 있었기 때문이다. 정수는 먹는 것에 집착했다. 점심시간이 되면 항상 식판에 음식을 과하도록 받아 왔다. 두 번, 세 번 음식을 받아 오고 점심시간 내내 식사를 했다. 지금에 돌아보니, 학교에서 마음 둘 곳이 없었나 싶다.

정수에게 음식을 먹는 일은 무엇과도 비교할 수 없는 최고의 즐거움이었다. 그런데 본인의 음식을 나누어 주다니. 믿을 수 없는 일이었다. 초등학생이 만든 음식이라 맛이나 모양은 살짝 부족했지만, 정수의 마음을 생각하면서 먹으니 그야말로 꿀맛이었다.

내가 속한 교사 단체인 '좋은교사운동'에서는 가정 방문을 권한다. 가정 방문을 하면 학생과 학부모를 더 깊이 이해할 수 있다고 주장한다. 그러나 가정 방문은 학부모도 부담스러워할 것이고, 관리자나 동료 교사도 유별난 교사라고 생각할 게 뻔했다. 요즘이 어떤 시대인데, 학생 집에 찾아가서 상담을 하다니.

하지만 정수의 일을 계기로 내 생각이 틀렸다는 걸 깨달았다. 아이와 학부모님을 학교에서 만나는 것과 가정에서 만나는 것은 분명한 차이가 있다. 가정 방문은 아이와 부모님뿐만 아니라 교사를 위해서도 유익한 일이었다.

대부분의 교사는 아이들을 무리가 아닌, 한 아이로 만나고 싶어 한다. 가정 방문은 교사의 그런 바람을 실현할 수 있게 도와

주는 아주 좋은 방법이다. 하지만 가정 방문을 시작하기 전에 먼저 넘어야 할 벽이 있다. 바로 편견의 벽이다. 관리자, 동료 교사, 학부모 중 어떤 분들은 가정 방문을 하는 교사를 튀는 교사, 유별난 교사라고 생각할 수 있다. 이런 편견의 벽을 어떻게 넘을 수 있을까?

무루 작가는 그의 책 《이상하고 자유로운 할머니가 되고 싶어》에서 "문제를 해결하기 위해선 누군가 직접 문을 여는 방법밖에 없다."고 말했다. 아이들을 가르치는 교사야말로 적극적으로 편견의 문을 열어야 하는 사람이다. 문 밖에 멋진 세상이 있음을 알면서도 문을 걸어 잠그는 것은 어리석은 일이다. 멋진 세상을 먼저 발견한 사람이 문을 활짝 열고, 주변 사람들에게 멋진 세상에 대해 알려 줘야 한다.

의미 있는 일에는 반드시 어려움이 따른다. 시간과 노력을 쏟아야 하고 사람들의 시선도 이겨 내야 한다. 생각해 보면 우리 주변에서 일어나는 크고 작은 변화들은 누군가 먼저 시간과 노력을 쏟고 어려움을 극복했기 때문에 이뤄진 것이다.

세상에 그냥 이뤄지는 일은 하나도 없다. 우리도 어떤 일이 의미가 있다는 확신이 든다면, 어려움이 예상되더라도 과감하게 시작했으면 좋겠다. 가만히 있으면 아무 일도 일어나지 않기 때문이다.

4.

불타는 학교

"학교가 불타고 있다!"

미술 시간, 아이들이 소리쳤다. 수채화를 그리던 아이들이 깜짝 놀랐다. 수호의 그림 속 우리 학교가 온통 빨갛게 불타고 있었기 때문이다.

'학교를 불태울 생각을 해? 학교가 싫고, 담임이 싫다는 건가? 아무리 그래도 어떻게 불타는 학교를 그려?'

순간적으로 화가 치솟았지만, 마음을 추스르고 물었다.

"학교가 불타고 있네. 학교가 싫으니?"

수호가 대답했다.

"네, 학교가 싫어요."

"그래, 학교가 싫을 수 있지. 그런데 학교가 싫다고 하니 선생님 마음이 아프네."

수호의 단호한 대답에 대화를 길게 이어 가고 싶지 않았다. 화를 참고 차분하게 수호와 몇 마디 나눈 것만으로도 나름 훌륭한 대처였다고 스스로를 다독였다.

요즘 애들은 버릇이 없어! 나는 그렇지 않았는데. 어렸을 적에 나는 짜증 나고 속상한 일이 있어도 언제나 "괜찮아"라고 말하는 소위 착한 아이였다. 웬만해선 부정적인 감정을 표현하지 않았다.

"항상 기뻐하라. 쉬지 말고 기도하라. 범사에 감사하라."

어릴 적 다니던 교회에서 목사님이 항상 하시던 말씀이다.

기분이 좋지 않아도 웃고 기분이 나빠도 웃어야 하는 거구나! 항상 기뻐하라는 성경 속 말씀을 항상 웃고 다니라는 말로 이해했다. 항상 웃고 다녀서 주변 사람들이 다들 좋아했지만, 정작 내 마음속에선 때때로 화가 치밀었다. 슬프고, 속상하고, 화가 나는데도 웃으려니 속이 쓰리고 아팠다. 그럼에도 주변 사람들의 반응이 좋았기에, 부정적인 감정을 감춘 채 웃고 또 웃었다.

성인이 되고 나서도 이런 태도는 쉽게 바뀌지 않았다. 오히려 어릴 때보다 더 두꺼워진 가면을 썼다. 슬프고 짜증 나는 일이 있어도 속으로 삭였고, 금세 웃는 얼굴을 했다. 부정적인 감정을 표현하는 것은 부끄러운 일이라고 생각했다. 부정적인 감정을 표출하면, 다들 나를 피할 것 같았다. 밝은 사람, 좋은 사람으로 보이고 싶어서 속마음과는 다르게 긍정적인 말만 하며 지냈다.

'불타는 학교'를 그린 수호의 감정 표현이 낯설고 당황스러웠다. 그림이 쉽게 잊히지 않아서, 퇴근 후 아내에게 이야기를 했다.

"수호가 그림을 통해서 무엇인가를 말하고 싶었던 것은 아닐까요?"

수호가 담임인 나에게 반항한다고 생각했다. 하지만 아내는 수호가 무언가 하고 싶은 이야기가 있는 것 같다고 했다. 아내의 말을 들으며, 내 머릿속이 하얗게 변했다. 내 마음속 화는 금세 걱정으로 바뀌었다. 수호가 자신의 속상한 마음을 솔직하게 털어놓고 싶었던 것일까?

수호가 낸 수수께끼에 엉뚱한 대답을 한 것 같아서 머쓱했다. 만약 초등학생 시절, 내가 수호처럼 행동했다면 주변 사람들은 어떤 반응을 보였을까? 불타는 학교를 그린 후에 학교생활이 힘들다고 말하면, 누군가 한 사람쯤은 내 말에 귀 기울여 주지 않았을까?

"감정을 솔직하게 표현하는 것은 잘못된 것이 아니야. 항상 긍정적인 모습의 가면을 쓰고 살지 않아도 돼. 너는 존재 자체로 소중한 사람이니까."

이렇게 말해 주는 사람이 있지 않았을까?

"마음은 슬프고 속상한데도 억지로 웃으려니 참 힘들었겠다. 겉으로는 웃었지만, 그때 마음이 정말 괴로웠지?"

주변에 공감해 주는 단 한 사람만 있어도 우리는 우리의 마음을 좀 더 솔직하게 표현할 수 있을 것이다. 그런 귀한 사람을 기다리며, 우리가 먼저 그런 사람이 되어 주면 좋겠다.

세상에 나쁜 감정은 없다. 분노, 불안 같은 부정적인 감정조차도 우리가 살아가는 데 꼭 필요하다. 오히려 부정적인 감정을 억압하는 것이 문제다. 긍정적인 모습의 가면을 쓴 채 스스로를 억압하지 말라고, 나와 우리 반 아이들에게 말하고 싶다.

내일은 학교에 가서 수호에게 조용히 말을 건네 보려 한다.

"수호야, 요즘 학교에서 힘든 일 있니?"

5.

정답을 알려 줘

"…그…리고…나……느…는…바…밥…을…먹…었…다…."

신우가 자리에서 일어나 국어책을 소리 내어 읽었다. 다른 학생들이라면 2~3분도 안 걸릴 분량이었지만, 신우는 10여 분을 읽었다.

6학년인데도 문장을 시원하게 못 읽으니 본인은 얼마나 답답할지 안타까운 마음이 들었다. 하지만 문제는 신우의 입장을 고려할 만큼 수업 시간이 넉넉하지 않다는 것이다. 교과서를 읽은 후에 함께 하려고 준비한 활동들이 있었다. 수업을 빨리 진행하기 위해 교과서 읽는 것을 중단시키고 다른 아이에게 마저 읽도록 할지 잠시 고민했다. 그렇지만 곤란할 신우의 입장을 생각해서 묵묵히 기다려 주었다. 결국 내가 국어 시간에 하려고 준비했던 활동은 상당 부분 고스란히 포기해야만 했다.

신우는 다문화 가정의 아이였다. 어머니가 한국말을 잘 못하는 외국인이어서 어릴 적부터 한국말에 많이 노출되지 못했다. 그런 탓에 글을 읽거나 말하는 능력이 또래에 비해 많이 떨어졌다. 기본적으로 문장을 읽는 것 자체를 어려워하다 보니, 다른 교과도 학습부진 정도가 심각했다. 게다가 친구들이 신우의 외모를 보고 놀리는 경우도 있었다.

"너, 한국 사람 맞아? 너는 왜 우리랑 생긴 게 달라?"

친구들이 짓궂게 놀리면 신우의 얼굴이 금세 어두워지곤 했다. 그때마다 나는 엄하게 아이들을 꾸짖었다. 내가 신우에게 유독 무른 건, 발령 첫해에 만난 수영이 때문인지도 모른다.

초등교사 발령을 받고 나서, 첫 번째로 맡은 우리 반은 남학생 4명, 여학생 1명으로 총 5명이었다. 우리 반의 유일한 여자아이인 수영이는 다문화 학생이었다. 유난히 까만 얼굴에 작은 키를 가졌지만, 급우 넷을 너끈히 상대할 만큼 당찬 아이였다. 쉬는 시간이나 점심시간에 친구들과 놀 때는 당당히 골목대장 노릇을 했다. 하지만 글을 잘 읽지 못했기 때문에 수업 시간만 되면 한없이 작아졌다. 그런 수영이를 볼 때마다 안타까운 마음이 들었다. 글만 능숙하게 읽을 수 있다면, 수업 시간에도 주눅 들지 않

leeyoung

을 텐데….

수영이를 돕고 싶어서 따로 한글 지도를 했다. 하지만 들인 시간과 노력에 비해서 성과가 거의 없었다. 게다가 나 또한 신규 교사로 학교 현장에 적응하는 것도 버거웠던 탓에 개별 지도는 얼마 못 가서 흐지부지 중단되었다.

그리고 기억 속에서 천천히 잊혀 가던 수영이의 소식을 얼마 전에 우연히 들었다. 첫 제자였기에 애정이 많았던 터라 당시의 기억들이 새록새록 떠올랐다. 기대감에 부풀어 수영이의 소식에 귀 기울였다. 하지만 전해진 소식은 내 예상과는 전혀 다른 것이었다.

"수영이가 고등학교 생활에 적응하지 못하고 자퇴를 했어요."

그때 문득 이런 생각이 들었다. 초등학교 때 수영이의 국어 공부를 조금 더 열심히 도왔다면, 고등학교를 무사히 졸업할 수 있지 않았을까? 수영이가 학교를 그만둔 것에 나도 책임이 있는 것 같아서 마음이 무거웠다. 그 후로 비슷한 상황의 다문화 학생들을 볼 때면 수영이가 떠올랐다. 수영이처럼 되지 않도록 더욱 책임감을 갖고 지도해야겠다는 생각이 들었다.

10여 년 전 초등교사 임용시험의 최종 관문인 면접을 친구들과 함께 준비하면서, 다양한 교육 문제에 대해 서로 묻고 답했다. '다문화 학생 지도', '개별화 학습'도 중요한 예상 문제였다.

면접관 역의 친구가 물었다.

"반에 읽고 쓰는 것을 어려워하는 다문화 학생이 있다면 어떻게 지도하실 건가요?"

나는 조금도 지체하지 않고 이렇게 대답했다.

"그런 아이가 있다면 아이 수준에 맞게 개별화 교육을 할 것입니다. 아이의 수준에 맞는 개별 학습지를 준비해서 읽고 쓰는 연습을 시키면 좋겠죠. 그것으로 부족하다면 방과 후에 따로 남겨서 공부를 시키거나, 과제를 따로 내줄 생각입니다. 그렇게 하면 다른 아이들처럼 국어를 능숙하게 하게 될 것입니다."

그 시절에는 호기롭게 대답했지만, 지금 생각하면 한없이 부끄러운 답변이다. 학교 현장에서 개별화 교육이나 방과 후 학생 지도가 쉽지 않다는 것을 그때는 미처 알지 못했다. 우리 반 학생 수가 한두 명이라면, 또는 가르치는 과목이 한두 가지라면 내가 말했던 것처럼 할 법도 했다. 하지만 현실은 학급당 학생 수도, 가르쳐야 할 과목 수도 많았다. 또한 수업 준비와 별개로 배정된 업무를 처리하는 데 시간이 많이 필요했다. 개별화 학습 준비나 방과 후 학습부진 학생 개별 지도는 꿈같은 이야기였다.

개별화 수업보다는 중간 정도 수준의 아이들에 맞추어 수업을 준비했다. 대부분의 아이들이 수업을 잘 이해했다. 하지만 수업을 어려워하는 몇몇 아이들이 계속 눈에 띄었다. 그런 아이들이 눈에 밟혀 퇴근 후에도 마음이 불편했다. 그래서 가끔은 따로 시간을 내어 아이들의 다양한 수준에 맞추어 수준별 수업 자료를 준비했다. 그럴 때면 마음이 한결 편안했다. 다만, 수업 준비에 많은 시간을 쓰다 보니, 퇴근 이후에 휴식 시간을 충분히 갖지 못해서 몸과 마음이 빠르게 소진되었다.

사실, 지금도 기본적인 수업을 준비하려는 나와 개별화 교육을 실현하고 싶은 나 사이에서 적절한 균형을 찾지 못했다. 스스로를 챙기면서 소외된 학생도 도울 수 있는 방법을 고민하며, 양쪽을 수시로 넘나들고 있다. 그래서 어떤 날은 학생들에게 도움을 제대로 주지 못했다고 자책한다. 또 어떤 날은 스스로를 돌보지 못하고 육체적으로 소진되어 방전된 채로 잠자리에 든다.

교육의 문제, 또 삶의 문제들이 수학 문제처럼 명확한 정답이 있다면 좋겠다. 공식에 대입하면 답이 명확하게 나오는 그런 문제라면 얼마나 좋을까? 그러나 우리가 삶에서 만나는 문제들은 그리 단순하지 않다. 내 몸을 지나치게 혹사하지 않으면서, 학생들에게도 적절한 도움을 줄 수 있는 방법을 언젠가는 찾을 수 있기를 소망한다. 내일은 오늘보다 더 나은 방법을 찾을 수 있을 것이다.

6.

진짜 선생님

여름방학을 하루 앞두고 아이들과 함께 교실 정리를 했다. 그러다 문득 교실 뒤편에 있는 화분들이 눈에 들어왔다.

'식물을 한 달 넘게 교실에 방치하면 금세 말라 죽겠지?'

아이들에게 각자 자신의 화분을 집으로 가져가라고 말했다. 그리고 잠시 후, 화분 두 개가 덩그러니 남았다. 두 개의 화분은 학급 전체가 공동으로 관리하던 것이었다. 개별적으로 관리하던 식물에 비해 이 둘의 상태는 영 좋지 못했다. 그렇다고 차마 학생들이 보는 앞에서 쓰레기통에 넣을 수는 없었다. 아이들이 하교하면 혼자서 처리해야겠다고 생각하면서도, 혹시나 하는 마음에 별 기대 없이 물어보았다.

"이 식물, 집에 가져가서 키우고 싶은 사람 있나요?"

둘 중 그나마 덜 시들한 화분을 들어 보였다. 쭈뼛대는 아이들 틈에서 한 아이가 손을 번쩍 들었다. 평소에도 남을 잘 배려하고 어려운 친구를 잘 돕는 창현이었다. 화분을 건네려는데, 창현이가 조심스럽게 물었다.

"이거 말고 저걸 가져가도 될까요?"

순간 귀를 의심했다. 거의 죽어가는 화분을?

"정말 다 죽어가는 이 화분을 가져갈 거야?"

창현이가 고개를 끄덕였다.

"제가 한번 살려 보고 싶어요."

"그렇구나. 장하다! 그럼 이 두 화분 모두 네가 가져갈래?"

화분 두 개를 받아 든 창현이가 대견하기도 했지만, 한편으론 걱정이 되었다. 창현이가 노력해서 죽어가던 식물들이 다 살아나면 좋겠지만, 만약 결과가 좋지 않으면 크게 실망하지는 않을까?

창현이를 바라보며, 문득 떠오르는 아이가 있었다. 몇 해 전 우리 반에 전학을 온 북한 이탈 주민인 영옥이….

처음에는 북한에서 왔다는 사실만으로 영옥이가 낯설고 긴장이 됐지만, 지내다 보니, 잘 웃고 친구들의 말도 잘 들어주는 평범한 아이라는 것을 알게 됐다. 반 친구들도 다들 영옥이를 좋아했다. 그런데 어느 날부턴가 영옥이가 배가 아프다는 얘길 자주

했다.

"요즘 무슨 고민 있니?"

무심코 던진 한마디에, 영옥이는 자신과 자신의 어머니가 그동안 북한과 남한에서 겪었던 많은 일을 한 시간이 넘도록 죽 이야기했다. 뉴스에나 나올 법한 일들이라 꽤 충격적이었다. 아이가 그간 겪었을 아픔이 고스란히 전해졌다. 말하는 아이도, 듣고 있던 나도 함께 울었다.

영옥이가 겪었던 일들은 현재 영옥이의 생활에도 계속 영향을 주고 있었다. 그 사실이 안타까웠다. 과거의 아픔이 해결되어야 아이가 건강하게 지낼 수 있을 것 같았다.

'영옥이의 문제를 어떻게 하면 해결할 수 있을까?'

우선은 영옥이에게 좀 더 관심을 가지면 될 일이라고 생각했다. 그러나 그것만으로는 문제가 근본적으로 해결되지 않을 것이 뻔했다. 제대로 도우려면 영옥이를 둘러싼 복잡한 문제들을 풀어내야 했다. 관계 기관에 협조 요청도 해야 하고, 오랜 시간이 필요할 것 같았다.

'신경 쓸 일도 많은데 굳이 내가 그럴 필요까지 있나?'

이런 생각이 들어서 잠시 망설였다. 하지만 울면서 자신의 아픔을 털어놓은 아이를 외면할 수는 없었다. 힘이 닿는 한 적극적으로 돕기로 결심했다.

우선 교내 상담실과 학교 밖 상담센터와 연계해서 영옥이가

leeyoung

체계적인 상담을 받을 수 있도록 했다. 교내 교육복지실은 물론 군청과도 연계하여 영옥이가 경제적, 문화적 지원을 받을 수 있는 방안도 찾아보았다. 교외 관계 기관 담당자들과 수시로 연락을 주고받으며 영옥이를 돕기 위해 최선을 다했다. 하지만 영옥이의 상황은 쉽게 나아지지 않았다.

'최소한의 조치만 할걸. 영옥이의 상황도 좋아지지 않고, 괜히 시간과 노력만 허비한 것 같네.'

그렇게 시간이 흘러 한 해가 지나고, 영옥이와도 자연스럽게 헤어졌다.

그런데 얼마 전 스승의 날에 영옥이가 문자를 보내왔다. 발신자에 영옥이 이름이 찍혀 있는 것을 보자, 반가운 마음과 걱정스러운 마음이 동시에 솟았다. 혹시 무슨 일이 있는 것은 아니겠지? 얼른 문자 내용을 확인했다. 그러고는 안도의 한숨을 내쉬었다.

"선생님, 선생님은 내가 만난 선생님 중에 진짜 선생님이었어요."

문법에 맞지 않는 영옥이의 문자를 몇 번이고 다시 읽었다. 선생님인 나와 영옥이 사이에 있었던 오래전 일을 긍정적으로 기억해 준 영옥이가 진심으로 고마웠기 때문이다.

문제를 완벽하게 해결해 준 것도 아닌데, 도대체 무엇이 고마웠던 걸까 하면서도 마음이 참 좋았다.

내가 영옥이의 담임으로 있을 당시 영옥이는 어머니와 단둘이 생활했다. 어머니는 빠듯한 생계로 인해 새벽부터 저녁까지 홀로 일하셨다.

학교 밖을 나서면 그 누구도 영옥이를 돌봐줄 사람이 없었다. 영옥이는 남한에서 살아남기 위해서 개인적인 문제는 묻어 놓은 채, 밝은 모습으로 학교에서 생활하려고 했다. 그런 와중에 진심으로 자기 문제에 관심을 갖고 다가와 주는 사람을 만났던 것이다. 그게 나였던 듯하다. 어쩌면 영옥이가 바란 것은 문제 해결이 아니라, 그저 자기 문제에 관심을 가져 주는 한 사람이 아니었을까.

교실 한구석에서 죽어가던 식물에 관심을 갖는 창현이 모습이 영옥이를 위해 노력했던 과거 내 모습과 겹쳐졌다. 나는 마음속으로 창현이를 응원했다.

'창현아, 네가 최선을 다해도 식물이 살아나지 않을 수 있어. 그래도 실망하지는 마. 네가 식물을 살리려고 노력한 사실만으로도 충분히 의미가 있는 거니까.'

흔히 사람들은 눈에 보이는 결과만으로 어떤 일을 평가할 때가 많다. 결과가 좋으면 성공한 일로, 결과가 좋지 않으면 실패한 일로 치부하는 것이다. 단순히 결과만 생각하기보다는 그 과정도 생각해 봐야 한다. 그러면 실패한 것처럼 보이는 일 속에서도 의미를 발견할 수 있다. 어떤 일이든지 실패를 두려워하지 않고 더 쉽게 시도해 볼 수 있다.

특히, 교육은 눈에 보이는 성과만 생각하지 말아야 한다. 아이들의 변화는 눈에 보이지 않는 경우가 대부분이기 때문이다. 교사가 눈에 보이는 결과만 생각한다면 어떤 일도 할 수 없다. 소외된 아이의 마음에 작은 희망을 심어 주는 일은, 눈에 보이는 성과가 없을지라도 무엇보다 의미 있는 일이다.

영옥이가 어려운 환경에서도 당당하게 잘 살아가기를 바란다. 우리나라에 잘 정착하고, 멋진 어른으로 성장했으면 좋겠다. 도움을 줄 수 있는 좋은 사람들을 많이 만나서, 더 이상 과거에 있었던 일로 아파하지 않기를 기도한다.

7.

키 크고 싶어요

방학식 날, 아이들에게 물었다.

"방학 동안에 꼭 이루고 싶은 일이 있나요?"

우리 반에서 키가 가장 작은 지선이가 손을 번쩍 들었다.

"저는 방학 동안에 키가 10cm 컸으면 좋겠어요."

뒤이어 손을 든 다른 아이도 키가 크고 싶다고 말했다.

방학 동안에 새롭게 배울 수 있는 것도 많고 친구들이나 가족들과 할 수 있는 것도 많을 텐데, 꼭 이루고 싶은 일이 키 크는 것이라니. 왜 이토록 키에 집착하는지 궁금했다.

"왜 키가 컸으면 좋겠나요?"

여기저기서 아이들이 손을 들었다.

"제가 키가 작다고 친구들이 무시해요."

"저희 오빠가 땅꼬마라고 매일 놀려요."

"제가 좋아하는 연예인은 키가 커서 멋있는데, 저는 키가 작아서 멋없어 보여요."

키 문제에 민감한 가장 큰 이유는 다른 사람의 시선 때문인 것 같았다. 아이들에게 키는 단순히 유전적인 문제를 넘어 우열을 판단하는 기준으로 보였다. 한편으로는 외적인 모습에만 집중하고 있는 아이들이 안타까웠다. 그러다 문득 돌아보니, 나 역시 어린 시절 키 때문에 고민이 많았다.

'키가 작으니, 도무지 되는 일이 없어.'

학창 시절 유난히 키가 작았던 나는 항상 이런 생각을 했다. 초등학교 1학년부터 고등학교 1학년 때까지 50여 명의 학급 친구들 중에서 번호가 항상 1번이었다. 키가 작아서 1번이었다. 불편한 점도 많았다. 초등학교 때는 친구들과 함께 놀이공원에 가면, 친구들은 다 탈 수 있는 놀이 기구를 키 제한에 걸려서 탈 수 없었다. 처음 만나는 사람들이 내 나이보다 두세 살 어리게 보기도 했다. 반 친구랑 같이 있으면 잘 모르는 사람들이 형이랑 동생이냐며 묻는 탓에 자존심도 상했다. 그렇다고 누가 묻지도 않는데 먼저 제 나이를 말하고 다닐 수도 없는 노릇이었다.

'키가 작다고 나를 불쌍하게 생각하겠지?'

생각이 이어질수록 자꾸만 위축되었다. 자신감이 떨어져서 무슨 일을 하든지 잘 해내기 어려웠다. 일이 잘 풀리지 않으면, 모두 키 탓으로 돌렸다. 원하는 일들이 이루어지지 않은 것이 단순히 작은 키 때문은 아니었을 텐데 말이다.

생각해 보면, 어렸을 적에 나는 '신체적 키'에는 관심이 많았지만 '마음의 키'에는 관심이 없었다. 겉으로 드러나는 신체적 발달에 집중한 나머지 내면의 발달에는 그만큼 신경을 쓰지 못한 것이다. 신체적인 키에 신경을 쓰는 만큼 마음의 키에도 신경을 썼다면, 더욱 넉넉한 마음을 가질 수 있었을 텐데. 정말 중요한 것들을 놓치고 살았던 학창 시절이 아쉽게 느껴졌다.

키에 집착하는 우리 반 아이들의 모습에 과거 내 모습이 중첩되었다. 그래서 아이들에게 이렇게 말했다.

"너희들은 키가 크든 작든 멋지고 예뻐."

아무리 말해도 아이들은 스스로에게 만족하지 못하는 것 같다. 지선이가 말했다.

"아니에요. 키가 작으면 옷을 입어도 폼이 나지 않는단 말이에요. 저는 키가 작은 게 정말 싫어요. 이번 방학 때 10cm 이상 꼭 클 거예요."

"그래. 선생님도 네가 이번 방학 때 10cm 이상 컸으면 좋겠다. 근데 만약에 키가 그만큼 안 크면 어떻게 하지?"

"선생님, 노력해서 안 되는 일은 없어요. 저는 최선을 다할 거예요. 그리고 10cm 이상 꼭 클 거고요. 자신 있어요."

한 달여 시간이 흘러 개학식 날이 되었다. 아이들이 자신이 원하는 목표를 달성했을지 궁금했다.

"여러분, 방학 동안 목표했던 일 모두 이루었나요?"

지선이가 번쩍 손을 들었다.

"선생님, 저 방학 동안 먹는 것도 골고루 먹고 운동도 열심히 했거든요."

"그랬구나. 정말 대단하다."

"선생님, 그런데 왜 제 키는 그대로일까요?"

아이들이 까르르 웃었다. 잔뜩 풀이 죽은 지선이가 안쓰러웠다. 수업을 마치고 지선이에게 다가가 말했다.

"지선아, 열심히 노력했는데 키가 생각만큼 안 커서 많이 속상했겠다. 무엇이 문제였을까?"

"선생님, 저 키 크려고 할 수 있는 건 다 해 봤단 말이에요. 제 노력이 부족했다고는 말하지 마세요."

노력이 부족했기 때문이라고 받아들였는지, 지선이가 거칠게 항변했다.

"그렇구나. 선생님도 네가 열심히 노력했다는 걸 알아. 그렇다면 문제는 다른 게 아니었을까?"

무엇이 문제였을까? 곰곰이 생각해 보니, 애초에 지선이가 세운 목표 자체에 문제가 있어 보였다. 아무리 운동을 많이 하고 영양을 생각하며 먹어도 유전적으로 키가 작은 아이들도 있다.

그런 아이들은 노력해도 자신이 바라는 만큼 키가 크지 않을 수 있다.

최선을 다해도 내 맘대로 되지 않는 일이 있다. 노력한다고 모든 일을 이룰 수는 없다. 지선이에게 이 점을 어떻게 설명해야 할까 잠시 고민했다.

"무슨 일이든지 노력한다고 다 이룰 수 있는 건 아니야. 노력해서 이룰 수 있는 일도 있지만, 아무리 노력해도 이루어지지 않는 일도 있거든."

"그러면 저는 어떻게 해야 해요? 키가 정말 크고 싶은데요."

"지선이는 왜 꼭 키가 커야 하는데?"

"다른 사람들한테 무시당하고 싶지 않으니까요."

"키가 작다고 모든 사람들이 너를 무시하니?"

"그건 아니지만…."

"선생님은 키가 작든 크든, 지선이가 있는 모습 그대로 스스로를 사랑했으면 좋겠어."

외모는 타인이 나를 판단하는 기준이지만 내면은 내가 주체적으로 규정할 수 있는 영역이다. 외적으로 키가 작아도 내면의 키는 스스로 얼마든지 키울 수 있다. 그러니 키와는 무관하게 자신의 내면을 최고로 멋진 사람으로 가꾸어 나가면 어떨까?

다른 사람의 이목에만 집중하면, 행복할 수 없다. 다른 사람이 정한 기준에 나를 끊임없이 맞춰야 하기 때문이다. 그러한 기준에 맞추어 사는 것은 애초에 가능하지 않다. 또한 그 기준에 맞추어 가며 살아야 할 이유도 없다. 남이 정한 기준에 맞추려고 애쓰기 전에, 그 기준이 합당한지부터 생각해 봐야 한다.

남의 이목에 집중하지 않으면, 보다 행복하게 살 수 있다. 남과의 외적인 비교를 거부하면, 스스로의 삶에 더욱 집중할 수 있기 때문이다.

우리 아이들이 다른 사람의 사소한 말 한마디에 흔들리지 않을 만큼 단단한 마음을 가진 사람으로 자랐으면 좋겠다. 키가 작다고 놀리는 사람이 있다고 키 클 생각만 하지는 않았으면 좋겠다. 오히려 키가 크든 작든 스스로가 가치 있는 사람이라고 말할 수 있는 당당한 마음을 키워 나갔으면 좋겠다.

키 때문에 의기소침해 있던 어릴 적 나에게, 또 같은 고민을 하는 우리 반 아이들에게 말해 주고 싶다.

"키에 신경 쓰지 말고 스스로의 내면에 더욱 관심을 가지렴. 남의 눈치만 보지 말고 스스로를 더 존중하렴."

8.

들러리가
되고 싶지 않아

교내 학생자치회 운영 및 도움 역할을 담당했을 때, 한 달에 한 번씩 각 반 회장 아이들과 회의를 하였다. 회의를 하다 보면, 학생들이 참신한 의견을 낼 때가 많았다. 회의에서 경민이가 이렇게 말했다.

"요즘 학교 안에서 질서가 잘 지켜지지 않는 것 같아요. 질서 지키기 캠페인을 해 보면 어떨까요?"

그러자 상현이가 말했다.

"코로나19 때문에 같이 모여서 캠페인을 하는 것은 어려울 것 같아요. 질서 지키기를 주제로 그림을 그려서 복도에 전시하면 어떨까요?"

아이들의 적극적인 의견 덕분에 〈질서 지키기 공모전〉이 구체화되었다. 이번 공모전은 희망하는 아이들이 자발적으로 그림을 그리도록 했다.

"시상은 어떻게 할까요?" 하는 기훈이의 질문에, 우수 작품을 뽑아서 상장과 상품을 주자는 의견도 나왔다. 시간이 부족해서 추가적인 사항은 다음 달에 협의하기로 하고 회의를 마무리했다. 그런데 마음이 묘하게 불편했다. 이유를 가늠해 본 끝에 금세 원인을 알아냈다.

많은 아이들이 공모전에 참여할 텐데, 우수 학생을 선발하면 소수만 우수자가 되고 나머지 아이들은 우수하지 않은 아이가 될 것이 분명했다. 질서 지키기에 대해서 모두가 함께 생각해 보자는 의도와 다르게 소수의 아이들만 주목을 받게 되는 것이다. 공모전에 참가한 다수의 아이들이 상처를 받게 되는 건 아닐까 걱정이 되었다.

나 역시 학창 시절에 내 의지와 무관하게 수많은 교내 행사에 참가했다. 그때도 소수만 선발하여 상을 주는 것이 일반적이었다. 작품을 제출하기도 전에 수상 여부를 예측할 수 있었다. 우리 반 50명 중에 나보다 그림을 잘 그리는 친구들이 많았기 때문이다. 우수자로 뽑히지 못할 것을 알면서도 행사에 억지로 참여해야 했고, 우수자로 뽑힌 친구의 들러리가 되는 듯한 느낌이 들어 서글펐다.

우수 작품은 교내에 전시가 되었지만, 뽑히지 않은 작품들은 어디서도 찾아볼 수 없었다. 아마도 내 작품을 비롯한 대부분의 작품들은 한동안 창고 한구석을 차지하고 있다가 쓰레기통에 버려졌을 것이다.

학창 시절에 그림을 잘 그려서 매번 상을 받았다면 이런 생각을 하지 못했을 것이다. 그림 실력이 뛰어나지 않았기 때문에 입상하지 못할 아이들의 마음이 어떨지 그려 볼 수 있었다.

전교 학생자치회에 오는 아이들은 대개 학교에서 주목받는 모범생이다. 각종 대회에서 상도 곧잘 받았다. 그래서 주목받지 못하는 아이들의 마음까지는 헤아리지 못하는 것 같았다.

〈질서 지키기 공모전〉을 위한 두 번째 회의에서 나는 아이들에게 이렇게 말했다.

"공모전을 통해 우수한 학생을 선발하는 것도 중요하다고 생각해요. 그런데 열심히 노력했는데도 뽑히지 못하는 친구들도 분명히 있을 거예요. 그런 친구들까지 생각하고 배려한다면 우리 공모전이 더 의미 있는 행사가 되지 않을까요?"

대부분의 아이들이 내 생각을 이해해 주었다. 학생자치회는 공모전 참가자 모두에게 공책 한 권씩을 지급하기로 했다. 학생자치회가 주도하는 행사였기에, 처음에 계획했던 우수자 시상도 그대로 진행하기로 했다.

공모전에 참여하고 참가 상품으로 공책을 한 권씩 받아 간 아이들의 마음은 어땠을까? 모두가 만족스럽지는 않았겠지만, 적어도 몇몇 아이들은 들러리가 되었다고 느끼진 않았을 것 같다.

학교에서는 항상 모든 아이들이 주인공이 되어야 한다. 아이들이 가진 능력이나 실력과 관계없이 모두가 소중한 존재이기 때문이다. 우리 아이들이 자신의 실력을 키우는 것과 동시에 소외된 사람들을 배려하고 돌보는 마음도 함께 배웠으면 좋겠다. 그러면 사회가 조금 더 아름다워지지 않을까?

우리는 다른 사람과 경쟁하며 산다. 자격증을 더 많이 취득하고 토익 성적을 더 높이기 위해 노력한다. 이런 사회 분위기 속에서도 스펙과 무관하게 자신이 삶의 주인공이라는 사실을 잊지 않았으면 좋겠다. 또한 누가 인정해 주지 않아도 스스로 자신만의 가치를 지켜 나갈 수 있기를 바란다.

주위를 둘러보면, 나보다 실력이 좋거나, 운이 좋거나, 또는 노력하는 사람이 항상 있기 마련이다. 그렇기에 비교를 통해 느끼는 특별함은 의미가 없다. 우리는 존재 자체만으로도 특별한 사람이다. 나만의 가치와 의미를 찾아 잘 지켜 나가기를 바란다.

9.

가장 잊고 싶지 않은 순간

〈유 퀴즈 온 더 블럭〉이란 TV 프로그램에 올림픽 양궁 금메달리스트인 안산 선수가 출연했다. 진행자가 안산 선수에게 물었다.

"나중에 인생을 돌아봤을 때 가장 잊고 싶지 않은 순간이 있나요?"

안산 선수는 한참을 고민하다가 조심스럽게 입을 열었다.

그로부터 며칠 후, 나는 우리 반 아이들에게 물었다.

"여러분, 최근 코로나19 확산으로 인해서 가장 속상했던 일이 무엇인가요?"

아이들의 대답을 머릿속으로 상상해 보았다. 수학여행이 취소된 것이 가장 아쉽지 않았을까?

수학여행 취소 소식을 전했던 날, 교실에는 아이들의 탄식 소리가 가득했다. 아쉬움이 그득한 아이들의 눈망울과 그 표정을 잊을 수 없었다. 우리 반 아이들은 1학기 초부터 수학여행을 간절히 기다려 왔다. 6학년에게 수학여행이란, 초등학생 시절 단 한 번뿐인 중요한 행사가 아닌가!

그런데 아이들 대답이 내 예상과 달랐다. 우리 반 대부분의 아이들은 '학교에 정상적으로 등교하지 못한 것'이 가장 아쉽다고 했다. 개학이 무기한 연기되고 비대면 수업이 이어지는 동안, 얼마나 학교에 오고 싶었을지 짠한 마음이 들었다. 한편 수학여행에 대한 아쉬움은 없는지 궁금했다.

"수학여행이나 졸업식같이 큰 행사가 취소되거나 비대면 행사로 바뀐 것은 아쉽지 않나요?"

그때 준기가 손을 번쩍 들고 이야기했다.

"수학여행이 취소된 것도 아쉬웠죠. 그런데 매일 아침, 학교에 올 수 없었던 것이 가장 속상했어요."

특별한 하루보다 평범한 일상의 소중함을 말하는 아이들의 모습이 새삼 낯설게 느껴졌다.

"나중에 인생을 돌아봤을 때 가장 잊고 싶지 않은 순간이 있나요?"

안산 선수에게 그런 순간은, 당연히 올림픽에서 금메달을 딴 순간이지 않을까 싶었다. 〈유 퀴즈 온 더 블럭〉의 진행자도 그런 대답을 예상하고 질문을 던졌을 것이다. 그런데 그녀의 답변은 매우 특별했다.

"친구들과 놀러 갔던 그 순간을 잊고 싶지 않아요. 친구들이랑 산책도 하고 맛있는 것을 먹었던 평화로운 일상이요."

친구들과 어울려 놀던 순간이라니, 그야말로 신선한 대답이었다.

특별한 행사를 못한 것도 아쉽지만, 평범하게 등교하지 못한 것이 더 아쉬웠다는 우리 반 아이들의 이야기도 안산 선수의 답변과 비슷한 의미였을 것이다. 아이들의 답변과, 안산 선수의 이야기를 들으며 스스로에게 질문을 던져 보았다.

'교사로 살면서 가장 소중한 순간은 언제였을까?'

입학식, 졸업식 등 큰 행사들이 떠올랐지만, 그런 특별한 일들은 일 년 중 하루나 이틀에 불과했다. 많은 날들은 아이들과 교실 속에서 보내는 평범한 일상이었다. 아이들과 질문을 주고받으며 수업을 하고, 쉬는 시간에 소소한 대화를 주고받던 일상이 무엇보다 행복한 시간이었다.

우리는 매일 똑같은 일상 속에서 특별한 하루를 기대하며 산다. 갑자기 많은 돈이 생기거나 특별한 일을 성취하게 된다면,

그때 비로소 행복을 누릴 수 있을 것이라 여긴다. 또 매일 반복되는 삶이 지루하고 당연하게 느껴질 때가 있다. 새로운 날을 꿈꾸며 오늘을 희생하고 감내하기도 한다. 하지만 시각을 조금만 달리해 보면 일상은 확연히 달라질 수 있다. 비법은 의외로 단순하다. 특별한 하루 대신 소박한 일상의 고마움을 발견하는 것! 밥을 먹고, 친구와 수다를 떨고, 회사에 출근하는, 이 모든 당연한 일들에서 의미를 발견할 수 있다. 그것을 인지하면 우리 삶은 의미로 가득 찰 것이다.

특별한 하루가 아닌 평범한 일상 속에서 만족감을 느낄 수 있다면, 그게 진정한 행복일 것이다. 특별한 순간을 기대하기는 쉽지만, 반복되는 일상 속에서 의미를 발견하기는 어렵다. 그렇기 때문에 많은 사람이 특별한 순간을 기대하며 사는 걸지도 모른다. 평범한 삶 속에서 즐거움과 의미를 찾을 수 있는 우리가 되기를 소망한다.

10.

헤어짐은 익숙하지 않아서

"선생님! 내일 아침에 지은이 잠깐 왔다가도 되죠? 지은이가 마지막으로 우리 반 친구들 얼굴을 보고 싶대요."

갑자기, 우리 반 현이가 나에게 질문을 했다.

"지은이가 우리 반 친구들이 많이 그리웠던 모양이구나. 선생님도 물론 지은이가 오면 좋지. 잠깐만 생각해 보고 답을 해 줘도 괜찮을까?"

망설이는 모습을 보이자, 현이가 얼른 말을 덧붙였다. 혹시라도 내가 거절할까 봐 조바심이 생긴 모양이었다.

"선생님, 지은이가 교실에는 안 들어와도 된다고 했어요. 복도에서 친구들만 잠깐 보고 돌아간대요."

현이의 이어진 말에서 우리 반 친구들을 꼭 만나고 싶어 하는 지은이의 간절한 마음을 읽을 수 있었다. 지은이는 전학을 앞두고 새로운 만남에 대한 부담이 커 보였다. 그래서 지금, 익숙했던 친구들과의 만남이 더 간절한 것은 아닐까? 지은이의 마음을 생각하니, 짠했다.

여름방학이 끝나고 2학기가 시작된 첫날이었다. 6학년 1학기를 마치고, 다른 학교로 전학을 간 지은이가 갑자기 우리 학교를 방문하겠다고 허락을 구해 온 것이다. 지은이가 전학 간 학교는 우리 학교보다 개학이 하루 늦었다. 그럼에도 내가 잠시 망설였던 이유는 지은이의 현 학교가 어디인지 명확하지 않기 때문이었다. 코로나19로 민감한 시기인데, 다른 학교 학생인 지은이가 우리 반에 방문했다가 혹시라도 문제가 생기면 어떻게 하지? 지은이로 인해서 코로나19가 우리 학교에 퍼진다거나 하면 담임인 내가 다 책임져야 할 텐데….

그런데 곰곰이 생각해 보니, 지은이는 멀리 이사를 가서 2학기부터 그 지역 학교로 등교하기로 되어 있긴 하지만, 서류상으로는 아직 우리 학교 소속이었다. 생각이 정리가 되어, 현이에게 얼른 대답을 했다.

"지은이에게 내일 학교에 와도 된다고 이야기해 주렴. 지은이가 온다고 하니, 선생님도 참 반갑고 좋다!"

다음 날 아침, 지은이가 쭈뼛대며 교실에 들어왔다. 얼마 전에 정식으로 작별 인사까지 했는데, 다시 등교라니…. 지은이의 굳은 표정에서 불안한 마음이 느껴졌다. 다행히 친구들이 반가워하며 지은이 주변으로 모여들었다. 그러자 지은이의 표정도 한결 편안해졌다. 해맑은 모습으로 즐겁게 이야기를 나누는 모습을 보니, 덩달아 기분이 좋았다.

지은이가 나에게 다가와서 조심스럽게 말했다.

"선생님, 1교시 수업 듣고 가도 되나요?"

"당연하지. 나머지 수업도 다 듣고 가도 돼."

"1교시에 친구들과 체육 수업만 같이 하고 바로 집으로 갈게요."

"그래, 네가 편한 대로 하렴."

친구들 틈에서 밝은 모습으로 체육 활동을 하는 지은이의 모습을 보니 뿌듯했다. 그런데 지은이가 1교시를 마치고도 집에 갈 채비를 하지 않는 것이 아닌가? 지은이가 쭈뼛대며 조심스럽게 다가왔다.

"선생님, 그냥 오늘 수업 다 듣고 갈게요."

"그래, 잘 생각했어. 점심도 꼭 먹고."

그날 지은이는 친구들과 점심도 먹고 수업도 끝까지 다 들었다. 시간은 빠르게 흘러 하교할 시간이 다가오자, 지은이가 서운한 표정을 지었다.

“지은아, 친구들을 오랜만에 만나니까 좋았어?”

“네, 오랜만에 친구들을 만나서 정말 좋았어요. 그런데 이제 더 이상 친구들을 못 만난다고 생각하니 슬퍼요.”

“더 이상 친구들을 못 만난다니? 주말이나 방학 때 친구들을 만날 수 있을 거야. 기회가 된다면 또 학교로 놀러 와도 좋고.”

내일부터 낯선 학교로 등교해야 한다는 부담에 어깨가 축 처진 지은이를 보니 안타까웠다. 마음을 담아 한마디 덧붙였다.

“선생님은 네가 새로운 학교에 가서도 잘 지낼 수 있을 거라고 확신해. 새로운 친구들도 분명히 네가 가진 매력들을 알아볼 거야. 힘내!”

“선생님, 고맙습니다. 다음에 또 봬요.”

지은이를 배웅하고 나서 한동안 헛헛한 마음이 들었다.

매년 정이 들 만하면 아이들을 떠나보냈다. 그러고 나면 오래도록 마음이 허전했다. 그래서 한때는 아이들에게 마음을 주지 않으려고 했다. 마음을 많이 줄수록, 마음의 허전함도 컸기 때문이다. 마음을 주지 않으니 상처받을 일은 없었지만, 아이들에게도 내게도 남는 것이 별로 없었다.

결국 헤어짐을 생각하지 않고 아이들에게 마음을 쏟기로 다짐했다. 그저 주어진 시간을 아이들과 충실하게 보내고, 또 조건 없이 마음을 내주는 것이 교사의 역할이라는 것을 깨달았기 때문이다.

한참 시간이 흐른 후, 지은이에게서 문자가 왔다.

"선생님, 졸업 앨범을 사고 싶어서요. 혹시 저도 살 수 있어요?"

"그럼 당연히 살 수 있지. 선생님이 나중에 앨범을 택배로 보내 줄게. 그런데 왜 갑자기 우리 학교 졸업 앨범이 사고 싶어졌어?"

"새롭게 전학을 간 학교는 몇 개월밖에 안 다녔잖아요. 우리 학교는 5년하고도 반년을 더 다녔고요. 우리 반 친구들이 그리워요. 그래서 앨범을 사려고요. 사실, 새 학교에서는 졸업 앨범도 안 샀어요. 아직도 아이들이랑 서먹하거든요."

전학을 간 후에 이전 학교의 졸업 앨범을 사겠다는 경우는 처음이어서 조금 놀랐다. 다소 복잡한 절차를 거치긴 했지만, 결국 지은이의 앨범을 대신 구매할 수 있었다.

졸업식 전날 졸업 앨범을 택배로 보내 주려고 하는데, 지은이에게서 또 연락이 왔다.

"선생님, 제가 졸업식 날 오후에 직접 학교에 가서 받을게요."

마지막으로 우리 학교에 방문하고 싶어 하는 것 같았다. 본인이 원하지 않았음에도 부모님의 사정 때문에 졸업을 앞두고 새로운 학교로 전학을 갔던 지은이가 애처롭게 느껴졌다.

졸업식 날 오후, 교실에 찾아온 지은이에게 준비한 간식과 졸업 앨범을 전해 주었다.

안녕...
leeyoung

"지은아, 졸업 축하해! 너는 중학교 가서도 잘 할 거야."

지은이가 수줍게 웃으며, 꾸벅 인사를 했다. 그러더니 한참 동안 우리 반 교실 구석구석을 둘러보았다.

조금 일찍 왔으면, 친구들이랑 인사라도 했을 텐데…. 지은이가 혼자서 텅 빈 교실을 돌아보는 동안, 나는 지은이를 두 눈에 담았다. 우리 반이 지은이에게 어떤 의미로 기억될까? 우리 반 아이들에게는 어떻게 기억될까? 그런 생각을 하니, 한 해 동안 아이들에게 했던 말과 행동들이 파노라마처럼 머릿속을 스쳐 지나갔다.

화를 참지 못하고 아이들에게 던졌던 모진 말들, 무심코 했던 부끄러운 행동들이 떠올랐다. 담임교사의 말 한마디, 행동 하나 하나가 아이들에게 두고두고 기억될 수 있다는 생각이 들자 겸연쩍었다. 아이들이 좋은 일들만 기억해 준다면 더할 나위 없이 기쁠 텐데….

우리에게 지극히 평범한 일상이 누군가에겐 특별한 날이 될 수 있다. 그 사실을 기억한다면, 반복되는 하루하루를 좀 더 의미 있게 보낼 수 있지 않을까? 지은이가 전학 간다는 걸 미리 알았다면, 1학기, 그 주어진 시간 동안 지은이와 좀 더 의미 있는 활동들을 했을 것 같았다. 또 우리 반 아이들이 이렇게 금방 졸업할 줄 알았다면, 좀 더 시간을 아껴 가며 추억을 만들었을 것 같았다. 그러다 문득 내년에도, 또 교직 생활을 마무리하는 날에도 똑같은 아쉬움을 말할 것 같다는 생각이 들었다.

우리 반 아이들과 주어진 오늘 하루를 더 의미 있게 살아내야겠다. 하루하루 열심히 살다 보면, 나에게도 아이들에게도 의미 있는 추억들이 자연스럽게 쌓여 갈 테니까.

계획대로만 살 수 있을까

4장

"힘들어도 괜찮은 척 살아가는
소심한 교사이지만
평생 교사의 꿈을 꿉니다."

1.

꼰대 선생님

2년 연속 학년부장을 맡았을 때, 같은 학년 선생님들께 부탁할 일이 많았다. 대부분의 선생님들은 거절 없이 응해 주었다. 그 덕분에 친절하게 말하기만 하면 언제든지 동료들이 도와줄 것이라는 믿음이 생겼다.

새로운 학교로 전근을 와서도 그러한 믿음은 변함이 없었다. 그런데 전근 온 지 얼마 되지 않아 당황스러운 일을 겪었다. 학기 초에는 학년별로 학생들에게 나눠 줄 교과서를 정리한다. 그런데 우리 학년만 교과서 정리를 채 끝내지 못한 상태였다. 교장 선생님이 지나가다가 그 상황을 눈치채고, 옆에 있던 나에게 넌지시 말씀하셨다.

"고 선생님, 학년 교과서를 빨리 정리했으면 좋겠습니다."

우리 학년의 부장교사에게 그 이야기를 전했다. 하지만 그는 알겠다는 대답과 달리 행동으로 옮기지 않았다.

몇 시간 후 복도에서 교장 선생님과 다시 마주하게 되었다. 교장 선생님이 별다른 말씀을 하지는 않았지만, 마음이 내심 불편하였다. '고 선생님, 아까 내가 말한 것 못 들었나요? 아직도 교과서 정리가 안 되어 있던데요?'라고 얼굴로 말씀하시는 것 같았기 때문이다.

혼자라도 가서 정리하고 올까 싶었지만 그건 아닌 것 같았다. 우리 학년의 교과서를 혼자 정리하기에는 양이 너무 많았다. 마침 같은 학년의 채 선생님이 생각났다. 특별한 친분은 없었지만, 우리 학년 선생님 중에서 가장 젊은 분이기에 내 말을 들어주리라 생각했다. 채 선생님을 찾아가 가벼운 마음으로 부탁했다.

"채 선생님, 교장 선생님이 저희 학년 교과서를 빨리 정리했으면 좋겠다고 말씀하시네요. 저 혼자 하기에는 양이 많고, 학년 선생님들이 다 같이 할 정도는 아닌 것 같아요. 선생님과 저 둘이서 하면 금방 끝낼 수 있을 것 같은데, 같이 정리하면 어떨까요?"

그의 호의적인 대답을 기대하며 미소를 지었다. 그런데 그에게서 뜻밖의 답변이 돌아왔다.

"꼭, 저희 둘이 해야 하는 건가요?"

그가 심드렁한 표정으로 말했고, 나는 몹시 당황스러웠다. 교과서 정리하는 게 그렇게 어려운 일인가? 채 선생님 혼자서 하라고 한 것도 아니고 둘이 같이 하자는 얘기였는데. 우리 학년에서 나이도 가장 많은 내가 공손하게 요청했는데, 단칼에 거절을 하다니, 무례하네.

결국 부장교사를 찾아가 교장 선생님이 빨리 정리하길 원하신다고 다시 한번 전달하고는, 교실로 돌아왔다.

종일 기분이 좋지 않았다. 퇴근 후, 친구에게 오늘 있었던 일에 대해 이야기하며 그로부터 공감을 받기를 기대했다. 그런데 친구의 말이 예상외였다.

"물론 채 선생님이 단칼에 거절했으니, 감정이 상할 수도 있다고 생각해. 하지만 채 선생님은 너와 개인적인 친분도 없었다며. 그 상황이면 나 같아도 거절했을걸. 너는 학년부장도 아니고 동료일 뿐이잖아. 나이 많은 동료 교사가 공손하게 부탁을 한다고, 그 말을 꼭 들어줘야 하는 건가?"

편을 들어주지 않는 친구가 얄밉긴 했지만, 그의 말도 일리가 있었다. 채 선생님이 무례하다고만 여겼는데, 스스로의 행동과 마음을 돌아볼 필요가 있었다. 교장, 교감도 아니고, 단지 부장교사를 2년간 했을 뿐이었는데. 그동안 부탁하는 것에만 익숙해져 있었구나. 오히려 채 선생님 입장에서 보면, 내가 무례했겠구나. 어느새 나도 꼰대가 된 건가?

이전까지는 같은 학년 선생님들이 내 말을 잘 따라 주었다. 그건 내가 잘나고 능력이 있어서가 아니라 부장교사였기 때문이다. 그리고 지금 나는 부장교사가 아니다. 친구와 대화를 하면서 그 사실을 늦게나마 깨닫게 되었다.

나는 꼰대가 정말 싫다. 나이가 많다고, 또 선배라고 스스럼없이 반말을 섞어 가며 무례하게 행동하는 사람들을 겪어 봤기 때문이다. 그런데 내가 그런 모습을 하고 있었다니.

우리는 상대방보다 직급이 높다거나 나이가 더 많을 경우, 자신도 모르게 대우받는 것을 당연시할 때가 있다. 그런 태도가 주변 사람들과 우리 사이의 의사소통을 가로막는다. 대우받고자 하는 마음을 내려놓고, 내가 먼저 주변 사람들을 존중하고 대우해야 한다. 그러면 사람들과 더욱 잘 지낼 수 있다.

직장 동료 사이에서 꼰대가 기피 대상인 것처럼 교실 안에서도 마찬가지이다. 특히, 담임교사는 아이들 앞에서 꼰대가 되기 쉽다. 아이들보다 나이도 많고, 경험도 많고, 교사라는 권위도 있기 때문이다. 담임이 꼰대가 되면 당장은 아이들이 말을 듣는 것처럼 보이지만, 마음속으로는 담임교사와 소통하려는 마음을 닫아 버릴 수도 있다. 그렇게 되면 교실 안에서 아이들과 소통하는 일은 불가능해진다.

누구나 나이가 들어갈수록 자신만의 생각이 굳어지고 대접받는 것에 익숙해지면서 자연스럽게 꼰대가 되어 간다. 몸이 나이가 드는 것은 어쩔 수 없는 이치이지만, 생각은 굳어 가지 않기를 진심으로 바란다. 한결같은 마음으로 주변 사람들과, 또 아이들과 진실한 마음을 나누기를 바라기 때문이다.

2.

실패해도 괜찮아

매년 학급회장 선거 때가 되면 담임교사도 신경이 많이 쓰인다. 한 학기 동안 긍정적인 학급 분위기를 만들어 가는 데 학급회장의 역할이 중요하기 때문이다. 그래서 가능한 한 성실하고 배려심 많은 아이가 회장이 되었으면 하는 바람을 갖는다. 때로는 선거 전에 누가 회장이 될지 혼자 예상을 해 보기도 한다. 선거 결과, 대개는 예상이 맞아떨어진다. 성실하고 배려 깊은 아이는 눈에 띄기 마련이니까.

학급회장 선거가 있던 날, 나는 학급회장을 미리 예측해 보았다. 평소 소외된 친구들까지 잘 챙겨서 학급 친구들에게 두루두루 인정을 받던 은정이가 바로 떠올랐다. 학생들의 후보 추천이 시작되었고, 한 아이가 은정이를 추천했다.

"저는 은정이를 회장으로 추천합니다. 은정이는 성실하고, 친구들도 잘 도와주기 때문입니다."

그때 갑자기 은정이가 손을 번쩍 들었다. 은정이도 누군가를 추천하고 싶은가 보다 생각했다.

"저는 회장을 하고 싶지 않습니다."

예상 밖의 말에 방금 전 은정이를 추천한 아이는 물론이고 나도 살짝 당황했다.

'여러모로 은정이가 우리 반 회장에 적합해 보였는데, 하지 않겠다는 이유가 뭘까?'

후보 거절 이유가 궁금했다. 점심시간, 은정이를 불러 살짝 물어보았다.

"은정아, 왜 학급회장 후보를 거절한 거야? 특별한 이유가 있니?"

한참을 망설이던 은정이가 조심스럽게 답을 했다.

"저도 회장을 하고 싶긴 한데요. 후보로 나갔다가 떨어지면 속상하고 창피할 것 같아서요."

은정이의 얼굴에 어슴푸레하게 두려움이 비쳤다.

"그랬구나. 혹시라도 회장 선거에서 떨어지는 게 부담스러웠구나. 선생님도 그 마음을 충분히 이해해. 그래도 다음에는 조금 용기를 내어 보면 어떨까? 선생님 생각에는 네가 회장이 되면 잘할 수 있을 것 같거든. 그리고 선거에서 떨어져도 괜찮아. 그건 실패가 아니라, 도전이니까."

은정이에게 건넨 이야기는 사실 과거의 나에게 하고 싶은 이야기였다. 은정이처럼 실패가 두려울 때가 많았고, 실패로 인한 좌절감을 받아들이기 어려웠다. 그래서 가능한 한 새로운 일에 도전하지 않았다. 시도하지 않으면 실패해서 속상할 일도 없기 때문이었다.

실패가 두려워서 시도조차 해 보지 못하고 날려 버린 좋은 기회들이 많았다. 실패할 가능성이 없는 완벽한 기회를 기다렸지만, 그런 기회는 자주 찾아오지 않았다. 오히려 좋은 기회를 놓칠 뿐이었다. 중학생 시절, 교회 예배 시간에 유독 눈에 띄는 모습이 있었다. 선배가 드럼을 연주하는 모습이었다. 그 모습을 동경하며, 집에서 혼자 젓가락을 들고 드럼 연주를 흉내 내곤 했다.

그러던 어느 날 그 선배가 드럼 연주를 배워 볼 생각이 없냐고 물었다. 드럼 연주라니. 정말 배우고 싶었지만, 선배처럼 잘 칠 자신이 없었다. 게다가 남들 앞에서 연주를 해야 한다는 것도 너무 부끄러워서, 고민 끝에 그 제안을 거절했다. 결국 다른 친구가 선배에게 드럼 연주를 배웠다. 그 친구는 드럼 연주를 배워서 예배 때마다 멋지게 연주를 했다. 그 모습을 지켜볼 때마다 속이 쓰렸다.

leeyoung

실패를 무릅쓰고 도전할 때 비로소 변화도 생기고 성취도 할 수 있다. 실패를 두려워하면 아무것도 할 수 없다는 사실을 깨닫고 난 뒤로, 용기를 내어 도전하며 살고 있다. 내가 가장 먼저 위험을 무릅쓰고 도전한 일은, 교대 입시이다. 군 제대 후에, 2년이나 다닌 공과대학을 뒤로하고 새롭게 교대 입학에 도전했다. 호기롭게 도전하긴 했지만, 실패한다면 그야말로 막막한 상황이었다. 재수학원 비용과 그 시간, 에너지까지 정말 많은 것을 투자했기 때문이다. 결과적으로 그때의 도전 덕분에 나는 현재 교사로 살아가고 있다.

새롭게 시작한 글쓰기도 큰 도전이었다. 나를 드러내는 글쓰기는 크든 작든 위험을 감수해야 하는 일이었다. 때론 악플에 상처 입었고, 돈도 안 되는 일을 왜 하냐는 비아냥도 종종 들었다. 그럼에도 꾸준히 글을 쓴 덕분에 많은 사람들과 글로 소통하며 성장했다. 출판사의 거절이 두려웠지만 출간에도 도전했다. 실패가 두려워서 도전하지 않았다면, 지금 이 책은 세상에 나오지 못했을 것이다.

삶은 그 자체로 끊임없는 도전이다. 우리는 살면서 수많은 선택과 도전의 순간에 선다. 그리고 나이가 많아질수록 도전보다는 안정적인 선택을 한다. 나뿐 아니라, 부양해야 할 가족들도 신경을 쓰게 된다. 실패했을 때 치러야 할 대가도 이전보다 더욱 크게 다가온다. 이렇다 보니 더욱 도전을 망설이게 된다. 그럼에도 우리가 도전을 멈추지 않았으면 좋겠다. 안주하는 순간, 더 이상 삶에서 어떤 변화도 기대할 수 없기 때문이다.

삶은 연속적인 과정이다. 어떤 일을 올해는 실패했어도 내년에는 성공할 수 있다. 그렇기에 지금 현재만 바라보지 말고, 인생을 멀리 내다보며 마음껏 시도하고 도전했으면 좋겠다. 끊임없이 시도하다 보면, 언젠가는 꿈꾸는 바를 이룰 수 있을 것이다.

3.

승진을 포기한 선생님

"덥지 않니? 점퍼를 벗으면 훨씬 시원할 거야."

아무리 이야기를 해도, 유정이는 들은 척도 안 했다. 점퍼를 벗으면 큰일 날 것처럼, 여름이 되었는데도 자신의 몸을 점퍼로 꽁꽁 싸매고 다녔다. 친구들보다 체구가 큰 탓에 유정이는 자신의 몸을 숨기고 싶어 하는 것 같았다.

쉬는 시간에 혼자 있는 유정이에게 다가가 물었다.

"무슨 고민이 있니?"

"뚱뚱하다고 친구들이 저를 싫어해요."

유정이가 억울하다는 듯 말했다. 그러나 내가 보기에 아이들이 유정이를 불편하게 여기는 이유는 다른 데 있었다. 바로 자신감 없는 태도와 우울한 눈빛이었다.

"친구들 시선은 의식할 필요 없어. 중요한 것은 언제나 너 자신이니까."

진심을 담아 말했지만, 유정이의 표정은 나아지지 않았다.

그 즈음 나에게도 유정이처럼 고민이 있었다. 사람들이 나이 많은 남자 평교사를 싫어할 텐데 하는 고민이었다. 나이가 들면, 동료들도 아이들도 나를 피하지 않을까? 그런 날이 오면 즉각 학교를 떠나리라. 학교 밖에서 할 수 있는 다른 일들도 생각해 보았다. 한적한 시골에서 카페를 창업해 바리스타로 살아가거나, 전업 작가로 살아가는 삶은 생각만 해도 기분이 좋았다.

그러나 카페에서 여유로운 시간을 보내는 것과 카페를 운영하는 것은 전혀 다른 일이었다. 글쓰기를 좋아하는 것과 책을 출간하는 것도 같을 수 없었다. 그 일을 취미로 즐길 때와 생업으로 할 때는 같은 마음이 아닐 것이 분명했다. 또 글쓰기를 좋아한다고 해서, 잘 팔리는 책을 출간할 수 있다는 보장도 없어 보였다.

교사 생활을 지속하는 것이 어려워 보여서 다른 일들을 기웃거렸다. 하지만 어느 하나 만만해 보이는 일이 없었다. 게다가 사람들이 나이 많은 교사를 선호하지 않는 것처럼, 나이 든 바리스타나 작가도 인기가 없어 보이기는 매한가지였다. 이런 마음

leeyoung

을 아는 아내가 슬며시 말을 건넸다.

"나이 많은 교사를 모두가 싫어할 것이란 생각은 언제부터 하게 된 거예요? 나이가 좀 있어도 학교 현장에서 존경받는 선생님도 많이 있으시잖아요. 왜 그런 마음이 들었는지 당신의 마음을 한번 돌아보면 어떨까요?"

나이 많은 남자 교사를 다들 기피할 것이라는 전제 자체에 문제가 있다고? 아내의 이야기에 망치로 머리를 맞은 듯 멍해졌다.

나이 많은 남자 평교사가 학교 현장에서 존경받을 수 있을 거란 생각은 단 한번도 해 본 적이 없었다. 아내의 말을 곱씹으며 나의 생각을 돌아봤다.

초등학교 현장에서 대부분의 남자 교사는 승진을 생각한다. 일찍부터 체계적으로 승진 준비를 하고, 실제로 승진을 해서 대부분 교감, 교장이 된다. 교감, 교장이 되기 위해선 준비할 것이 정말 많다. 개인적인 삶을 일정 부분 포기하고, 부장교사 등 중책을 맡아 업무에 매진해야 한다. 스트레스에 취약한 내 건강도 문제지만, 무엇보다 그런 희생을 감수할 만큼 그 삶이 매력적으로 보이지도 않았다. 그러나 승진을 포기한 나를 모두들 무능력자라며 손가락질할 것 같았다. 무능력자를 좋아할 사람들은 많지 않으니 결국 기피 대상이 될 테고, 그럼 결국은 먼저 학교를 떠나야 할 것 같았다.

그런데 단순히 교사 나이가 많다고, 모든 사람들이 정말 손가락질을 할까? 다른 사람을 지나치게 의식하는 내 성향에서 비롯된 잘못된 생각이었다.

나는 어릴 때부터 다른 사람의 생각에 맞춰 살려고 애써 왔다. 나만의 주장이나 생각을 말하면 미움을 받을까 봐 타인의 의견에 집중했다. 그 덕분에 사람들과 큰 말썽 없이 잘 지냈지만, 쉽게 피곤해지고 스트레스도 많이 받았다. 어른이 되어서도 내가 하고 싶은 일, 잘할 수 있는 일보단 타인의 요구를 우선했다. 내 감정은 고려하지 않고, 늘 다른 사람의 감정에만 집중했다. 내가 기쁜 것보다는 다른 사람이 기분 나빠하지 않는 것이 더 중요했다. 그래서 평교사로 나이가 들면 다른 사람이 날 어떻게 생각할지 고민했던 것 같다. 조금 서글픈 마음이 들었다. 그러다 문득 이런 생각이 들었다.

'내가 교사로 살아가는 것 자체는 좋아하고 있나?'

사실 학교에서 맑은 아이들과 만나 소통하는 것이 좋고, 가르칠 때 보람도 느낀다. 자율성을 가지고, 다양한 분야를 공부하고 가르칠 수 있다는 것도 좋다. 이렇게 보람 있고 만족스러운 교직을 다른 사람들 시선만 생각하며 일찍 그만두려 했다니.

모두에게 좋은 사람이 되고 싶어서 타인의 욕구에만 집중하다가, 정작 자신의 욕구를 잊을 때가 있다. 다른 사람을 배려하는 일도 물론 중요하다. 하지만 스스로를 생각하지 않고, 타인만을 의식하는 것은 바람직하지 않다. 내 삶에서 가장 중요하게 생각해야 할 사람은 누가 뭐래도 바로 '나'이다. 지금부터라도 내 마음을 가장 먼저 살피고 내가 원하는 일을 가장 우선적으로 생각해야겠다. 나이가 들어도 멋진 남자 평교사로서의 내 삶을 가꿔 나가야겠다.

4.

다수의 주장이 항상 옳을까?

얼마 전 뉴스에서 병설유치원 급식 문제가 보도되었다. 시민단체 '정치하는 엄마들'이 문제를 제기한 것이다. 병설유치원이 있는 학교는 유치원생부터 초등학생, 그리고 교직원이 함께 급식을 먹는다. 즉 다양한 연령대의 사람들이 같은 식단으로 식사를 하는 것이다. 그렇다 보니 유치원생이나 초등학교 저학년은 급식으로 나오는 음식이 매워서 잘 먹지 못할 때가 있다.

'정치하는 엄마들'은 어린 아이들에게 매운 음식을 참고 먹도록 하는 것은 폭력적인 행위라고 주장했다. 그리고 인권침해라며 교육부를 국가인권위원회(약칭, 인권위)에 진정하였다. 관련 뉴스와 기사에 많은 사람들이 댓글을 달았다.

"그렇게 마음에 안 들면 집에서 도시락을 싸 줘라."

"여럿이 같이 먹는 거잖아. 참고 먹으면 되는 거지, 참 불만이 많네."

"병설유치원이 마음에 안 들면 다른 사립유치원이나 단설유치원에 보내."

"좀 덜 맵게 해 달라고 학교에 말하지, 인권위에 진정까지 하다니."

"100명도 안 되는 유치원 아이들을 배려한다고, 1000명이 넘는 초등학교 아이들에게 피해를 감수하라고 하는 거야? 정말 너무하네."

"급식실 업무가 안 그래도 많을 텐데, 일만 더 늘어나게 생겼네."

대부분이 다수인 초등학생을 위해 소수인 유치원생들이 참아야 한다고 말했다. 다수를 위해서 소수는 무조건 희생해야 하는 걸까?

병설유치원은 지방자치단체가 설립한 공립유치원 중 하나이다. 초등학교 안에 유치원이 함께 있어서 초등학교와 같은 건물을 사용한다. 그런데 학생 규모 면에서 병설유치원과 초등학교는 비교가 되지 않는다. 우리 학교만 해도 초등학생 수는 1046명이고 유치원생 수는 59명으로, 학생 수에서만 17배 정도 차이가 난다. 병설유치원이 있는 초등학교는 건물과 시설을 같이 사용하기에 효율적이긴 하지만, 불편한 점도 많다. 그중 한 가지가 바로 급식 문제이다.

처음에 뉴스를 접했을 땐, '정치하는 엄마들'이 이 문제를 인권위에 진정까지 할 필요가 있었을까 생각했다. 병설유치원 교직원이나 학부모가 학교 측과 협의해서 문제를 해결하는 것이 더 바람직하다고 생각했기 때문이다.

물론 학부모가 학교에 유치원 원아들을 위한 식단을 마련해 달라고 요구할 수도 있었다. 그러나 일부 학부모가 요구한다고 학교 차원에서 개별적인 식단을 마련할 수 있을까? 학교에서 유치원용, 초등 저학년용, 초등 고학년용 등으로 식단을 다양하게 구성하려면, 영양 교사, 조리사, 조리 종사원에게 큰 부담이 되기 때문이다. 학교 차원에서 개인의 민원 때문에 그런 결정을 내리기는 쉽지 않다. 결국 교육부 차원에서 제도화하지 않으면, 병설유치원에서 유치원생에게 맞는 급식을 따로 받기는 어려운 것이다.

'정치하는 엄마들'이 교육부에 인권위 진정이라는 강한 카드를 꺼내 든 것도 이런 이유 때문이었을 것이다. 이 문제는 학부모들이 풀어야 할 문제가 아니라, 교육부 차원에서 해결해야 할 문제인 것이다. 병설유치원 식단을 따로 구성하도록 법제화하고, 학교에 근무하는 조리 종사원 수를 늘려 주는 등의 방식으로 말이다. 다수를 위해서 소수가 항상 피해를 감수해야 하는 상황은 옳지 않다. 초등학생도 좋고 유치원생도 좋은 방법을 찾는 것이 더욱 현명하다.

어떤 초등학교에 장애가 있어서 거동이 불편한 아이가 있다고 생각해 보자. 다른 학생들 모두 계단을 잘 이용하고 있으니까, 그 아이에게도 계단에 잘 적응해 보라고 말할 수 있을까? 그보다는 모든 학교에 승강기를 설치하는 게 더 바람직하다.

이런 생각에 이르자, 다수결을 맹신했던 내 자신이 부끄러워졌다. 학급 내에서 무언가 결정을 해야 할 때 종종 다수결을 활용했다. 아이들의 의견이 다양하게 갈릴 때 다수결만큼 효율적이고 간편한 방법은 없기 때문이다. 다수의 의견이라는 든든한 지원군이 있었기에, 짧은 시간 내에 한 가지 주장을 쉽게 선택할 수 있었다. 때로는 소수의 의견을 따르는 것이 다수의 의견보다 더 바람직해 보일 때도 있었다. 그런 순간에도 소수가 지지하는 의견보다는 다수가 지지하는 의견을 채택했다. 소수의 의견을 채택해서 다수의 학생들에게 비난받는 것이 싫었기 때문이다.

"다수의 주장이 항상 옳은 것은 아니에요. 다수의 주장도 중요하지만, 소수의 의견이 무시되지 않도록 잘 살펴야 해요."

사회 수업 시간에 아이들에게 이렇게 말했다.

사실, 이 말은 스스로에게 하고 싶은 말이었다. 학급 안에서 담임교사는 다수의 아이들을 만난다. 아이들 전체를 바라보느라, 때로는 한 아이를 놓칠 때가 있다. 잘 살펴보면, 쉬는 시간에 삼삼오오 모여 웃고 떠드는 아이들이 있는가 하면 교실 구석에 소외되어 있는 아이가 있다. 또 아침부터 하교할 때까지 시종일관 조용한 아이도 있다. 그런 아이들은 즐겁게 지내는 다수에 묻혀서 잘 보이지 않는다.

다수를 두루 잘 살피는 것도 중요하지만, 소외된 한 명의 아이에게 관심을 갖는 것도 중요한 담임의 역할이다. 다수결에서 다수의 의견을 중시하면서도 의미 있는 소수의 의견을 놓치지 말아야 하는 것처럼 말이다.

5.

내가 바라는 학교

서머힐학교는 진보적 교육자인 닐이 1921년에 설립한 학교이다. 이 학교에서는 교사가 명령이나 지시를 하지 않는다. 아이들의 자발적 학습과 활동을 중시하기 때문이다. 서머힐학교는 우리가 생각하는 전형적인 학교의 모습과 다른 점이 많다.

"혼자서만 학급을 서머힐학교처럼 운영하면 되겠습니까?"

교직원 회의 시간에 한 관리자가 말했다.

그가 갑자기 서머힐학교를 거론해서 당황스러웠다. 생각해보니, 동료 교사인 박 선생님을 염두에 두고 한 말 같았다. 박 선생님은 학교 안에서도 교육과정을 재구성하여 수업하는 것으로 유명했다. 박 선생님에게 무슨 일이 있었던 걸까?

학기 말, 학교에서 학습 발표회가 있었다. 학습 발표회의 취지는 아이들이 1년 동안 학급에서 배운 내용을 여러 사람들에게 공개하는 것이다. 학습 발표회에는 학부모를 비롯해 다양한 외부 인사들이 참석한다. 그렇다 보니 대부분은 평소 수업과는 관계없는, 한 편의 잘 짜인 공연을 보여 준다. 아이들 옷도 공연 복장으로 맞춰 입히고 멋진 소품도 준비한다. 다른 반과 비교해서 특별히 부족하지 않으면서도 유별나게 튀지도 않는 공연들이 이어졌다. 박 선생님 반만 빼고 말이다.

"이 일은 이, 이 이 사, 이 삼 육…."

박 선생님의 반 차례가 되자, 반 아이들이 하나둘 강당 중앙으로 나왔다. 구구단 노래를 부르면서 사방치기를 했다. 체육, 음악, 수학 교과를 융합한 수업 같았다. 교육과정 재구성에 관심이 많은 박 선생님다운 발표였다. 남의 이목에는 크게 신경을 쓰지 않는 박 선생님의 모습을 아는 탓에 웃음이 새어 나왔다.

유심히 보니, 아이들의 옷도 평소에 입던 옷 그대로였다. 아이들이 특별히 분장을 한 것도 아니었다. 박 선생님은 특별한 공연을 준비하지 않으셨구나. 평소에 하던 수업을 그대로 보여 주려고 하신 건가?

잘 짜인 공연들 틈에서, 평소와 다름없지만 남다른 박 선생님의 공연이 더욱 도드라졌다. 그 공연을 보면서 학교 관리자들과 학부모들은 어떤 생각을 했을까?

학습 발표회가 끝나고, 첫 교직원 회의 시간에 관리자가 말했다.

"혼자서만 자신의 반을 서머힐학교처럼 운영하면 되겠습니까? 적어도 다른 반이랑 비슷하게는 해야죠. 그렇지 않습니까?"

관리자의 얼굴이 상기되어 있었다. 아무래도 학습 발표회를 지켜본 학부모 중 누군가가 학교로 민원을 제기한 것 같았다. 박 선생님의 반은 평소에도 교과서 없이 수업을 하는 탓에 민원이 많았다. 박 선생님의 반 학부모들은 교육과정 재구성이란 말 자체를 싫어했다. 학습 발표회에서도 그런 모습을 보여 주었으니, 박 선생님에 대한 불신이 더 심해졌을 것 같았다.

교육부에서는 교육과정에 기초해서 교사가 직접 수업을 재구성하라고 권유한다. 각 반의 특성에 맞게 수업을 창의적으로 하라는 것이다. 하지만 우리 학교 관리자는 튀지 말고 다른 반과 비슷한 수업을 하라고 말했다. 교육부와 관리자의 상반된 입장 속에서 교사들은 혼란스러울 수밖에 없다.

학기 초, 교육과정 재구성 연수를 들었다. 연수 강사로 온 선생님은 기존처럼 하나의 답만 찾는 수업 방식은 제4차 산업혁명 시대에 적절하지 않다고 말했다. 일반적인 수업 방식으로는 학생들이 창의성을 기를 수 없다는 것이다. 국가가 정한 교육과정이란 큰 틀 안에서, 교과서 그대로 가르치지 말고 교육과정을 재구성하여 가르치라고 했다.

교사가 교육과정을 재구성하면, 기존에 있는 교과서는 잘 사용하지 않게 된다. 학생과 학급 상황에 맞게 여러 과목을 융합하여 하나의 수업으로 녹여 내기 때문에 기존의 교과서는 필요가 없는 것이다. 보통 여기에서 문제가 발생한다.

기존 교육 방식에 익숙한 학부모들은 새로운 방식의 수업을 낯설게 느낀다. 학기 말에 아이들이 빈칸 가득한 교과서를 집으로 가져가면, 학부모의 반응은 말하지 않아도 충분히 상상할 수 있다. 교과서 중심으로 수업을 하지 않았기 때문에 학습 공백이 발생했다고 항의를 하고 민원을 제기하는 것이다.

"선생님은 수학 단원 평가 안 해 주시나요? 작년 담임 선생님은 해 주셨는데요."

학부모 상담 시간에 학부모 한 분이 말씀하셨다.

"아, 작년에는 그랬군요. 저도 참고하겠습니다."

그 얘기를 듣고 한동안 고민에 빠졌다. 수업이나 평가 방식은 담임의 고유 권한인데, 침해받는 것 같아서 기분이 좋지 않았다. 그런데 다시 생각하니, 한편으로는 그 말이 이해가 갔다. 기존의 수업, 평가 방식을 바라는 분이 어찌 그 한 분뿐이겠는가.

모든 부모는 자신의 자녀가 좋은 직장에 들어가기를 바란다. 또 좋은 직장에 취업하려면 명문 대학 진학은 필수라고 생각한다. 우리나라에서 명문 대학에 진학하려면 수능시험을 잘 봐야 한다. 즉 부모는 수능시험만을 생각하며 어릴 적부터 자녀에게 공부를 시키는 것이다.

수능시험은 5개의 보기 중에서 하나의 정답을 찾는 방식이다. 학생들은 어릴 적부터 그 방식에 맞추어 공부한다. 수능이란 평가 제도가 유지되는 한 교육과정 재구성, 창의적 수업, 다양한 과목을 융합한 수업은 뜬구름 잡는 소리일 수도 있다. 문제를 빠른 시간에 정확하게 푸는 능력이 중요한데, 새로운 수업 방식은 여기에 별로 도움이 되지 않는다. 결국 대입 제도의 개선 없이는 주어진 시간 동안 하나의 답을 찾는 방식의 수업을 벗어나기 어려운 것이다.

이런 상황에서 교육부는 대입 제도는 손보지 않고 교사에게 '교육과정 재구성'만 하라고 외치고 있다. 교육부가 명확하게 선택을 해야 할 것 같다. 수능시험을 유지하면서 일제식 수업 방식을 택하든지, 대입 제도를 개편한 후에 교육과정을 재구성한 창의적인 수업을 하도록 하든지 말이다.

하지만 현실은 지금처럼 수능시험과 교육과정 재구성을 동시에 강조하는 애매한 상태가 좀 더 지속될 것 같다. 그러면 우리는 그때까지 어떻게 해야 할까? 둘 사이를 적절하게 오가는 수밖에 없다. 교육부가 요구하는 창의적인 수업을 추구하면서도, 학부모가 원하는 답 맞히기 방식의 수업도 놓지 않는 식으로 말이다.

한편으로 대입 제도 및 평가 방식의 변화가 필요함을 사람들에게 설명하고 이해시키는 노력도 해야 할 것 같다. '좋은교사운동' 같은 교사단체나 '사교육걱정없는세상', '교육의봄'과 같은 시민단체에서 꾸준히 그 일을 꾸준히 해 나가고 있다. 그들을 응원하며 힘을 실어 주는 일도 우리가 해야 할 일이다.

'백년대계'라는 말이 있다. 눈앞의 이익보다는 멀리 내다보고 오랫동안 이익을 거둘 수 있는 방법을 고안한다는 뜻이다. 교육만큼은 백년대계를 이루어 일희일비하며 이리저리 흔들리는 일이 없도록 해야 한다. 그게 학교 현장에서 수업을 하는 교사와 아이들, 또 아이들의 성장과 성공을 바라는 학부모 모두를 위한 길이라고 믿는다.

6.

선생님은 미래에도 존재할까?

"미래에는 어떤 직업이 사라질까요?"

사회 시간에 아이들과 미래 사회의 모습에 대해서 이야기를 나누다 새로 생기는 직업, 사라지는 직업은 어떤 것이 있을지 질문했다. 그때 대연이가 손을 번쩍 들었다.

"미래에는 선생님이 사라질 것 같아요."

순간 얼굴이 빨갛게 달아올랐다. 선생님 같은 사람은 더 이상 필요 없다고 이야기하는 것 같이 느껴졌기 때문이다.

대연이의 진지한 태도와 똘망똘망한 눈빛을 보니, 나를 부끄럽게 하려고 그런 말을 한 것 같지는 않았다. 그렇다면 왜 대연이는 미래에 선생님이 사라질 것이라고 생각한 걸까? 대연이의 말처럼 미래에는 정말 교사가 사라질까? 아니다. 교사는 미래에도 절대 사라지지 않을 거야. 마음속으로 '절대'란 말을 여러 번 되풀이했다. 교사는 절대 사라질 수도 없고, 사라져서도 안 된다는 확신이 있기 때문이었다. 그러다 문득 학생들과 처음으로 비대면 수업을 했던 기억이 떠올랐다.

코로나19로 갑자기 원격수업을 하게 된 날, 줌(ZOOM)을 통해 온라인 공간에서 아이들과 수업을 하였다. 난생처음 모니터를 노려보며 출석을 부르고, 쌍방향 소통을 하며 수업을 진행했다. 얼마 전까지 상상조차 할 수 없었던 이런 모습이 이제는 학교 현장에서 일상이 되었다.

세상이 급격히 변화해도 학교 현장에는 비교적 변화가 더디게 찾아왔다. 하지만 코로나19로 인해서 학교 현장에도 급격한 변화가 시작되었다. 학교 현장은 절대 변하지 않는 것이라는 말은 이제 통하지 않게 된 것이다. 그래, 미래에는 정말 학교가 사라질지도 몰라. 그러면 교사도 필요 없겠지?

《죽음의 수용소에서》라는 책이 있다. 이 책의 저자인 빅터 프랭클은 제2차 세계대전 당시 유태인이라는 이유로 3년 동안 아우슈비츠 강제수용소에서 수감 생활을 했다. 책에서 그는 수용소의 모습을 매우 사실적으로 그려 냈다. 수용소 생활상을 들여다볼수록 우리 학교의 모습이 자꾸만 떠올랐다. 학교도 교실이란 제한된 공간에 학생들을 반 강제로 몰아넣고 있지 않나? 질서와 규칙을 강조하면서 학생들을 관리하고 통제한다는 측면만 보면 학교도 작은 수용소 같았다. 그러면 교사는 무엇을 하고 있는 걸까? 교실 속에서 학생들을 통제하는 교도관의 역할을 하는 걸까? 이런 학교라면, 또 이런 교사라면 미래에는 존재할 필요가 없지 않을까?

물론 학교와 수용소는 존재 목적에서 큰 차이가 있다. 학교는 수용소와 다르게 아이들의 성장을 돕는 교육이 이루어지는 공간이기 때문이다. 그렇다면 아이들의 성장을 돕기 위해 교사는 어떤 역할을 해야 할까?

많은 사람들이 교사의 주된 역할은 지식을 전달하는 일이라고 말한다. 물론 아이들에게 교과 지식을 전달하는 것은 교사에게 중요한 일이다. 하지만 그런 역할뿐이라면, AI나 로봇만으로도 충분하다. 미래에는 잘 만들어진 인공지능 프로그램을 통해 아이들의 지적 수준이나 재능을 정확히 파악하고 평가할 수 있을 것이다. 평가 후에는 각자 학습 영상을 보면서 수준별 맞춤형 학습을 하면 될 일이다. 아이들이 학습을 잘하고 있는지 관리하는 것도 AI나 로봇이면 충분할 수 있다.

하지만 아이들의 인성교육은 AI나 로봇이 대신할 수 없다. 아이들의 어려움을 들어주고 마음을 나누는 일 또한 로봇이 아닌, 교사만이 할 수 있다. 결국 로봇이 일상적으로 활용되는 미래 사회에서도 교사는 필요하다.

그렇다면 교사는 무엇을 준비해야 할까? 교과 지식에 대한 전문성 이외에도 아이들과 소통할 수 있는 마음을 갖춰야 한다. 무엇보다 아이들의 아픔에 관심을 갖고, 그들의 어려움에 공감하는 태도 말이다.

대연이는 교사가 미래에 사라질 거라고 말했다. 그 이유를 곰곰이 생각해 본다. 소통하지 않는 선생님은 필요 없다고 말하고 싶었던 건 아닐까? 학생을 사랑하고 격려하는 그런 교사는 현재도, 미래에도 꼭 필요하다. 아이들을 있는 모습 그대로 온전히 이해하고 품어 주는 그런 교사가 되어 가기를, 조금 더 노력해야겠다고 조용히 다짐하였다.

7.

우리 학교로 오세요

“우리 학교에 오면 공짜로 악기를 한 가지씩 배울 수 있어요.”

공짜로 악기를 배운다는 말에 아이들의 눈이 갑자기 커졌다. 최 선생님이 신나서 말을 이어 갔다.

“학교에서 악기도 무료로 하나씩 줘요. 3년간 마음껏 사용하고 졸업할 때 반납만 잘 하면 돼요.”

악기를 공짜로 주는 줄 알고 기대했던 학생들이 금세 시큰둥한 반응을 보였다. 그러자 최 선생님은 당황한 표정으로 말을 덧붙였다.

“우리 학교는 급식도 맛있고요. 학교 안에 노래방, 당구장도 있어요. 마술 동아리, 밴드부, 댄스 동아리도 활발하게 운영되고 있고요. 우리 학교에 오고 싶지 않나요?"

그때 한 학생이 손을 들고 말했다.

"근데 저희 집에서 학교까지 거리가 너무 먼데요?"

"그런 걱정은 안 해도 돼요. 학교에서 매일 택시비를 지원해 주니까요. 매일 학교에서 보내 주는 택시를 타고 등하교하면 돼요."

며칠 전 학교로 전화 한 통이 왔다. 그는 자신을 ㅇㅇ중학교의 최 교사라고 했다. ㅇㅇ중학교? 처음 들어보는 학교인데. 검색을 해 보니 우리 학교에서 20킬로미터나 떨어진 시골의 작은 중학교였다.

최 선생님은 우리 반 아이들에게 학교 소개를 하고 싶다며, 10분만 시간을 내달라고 했다. 교장 선생님께 허가를 받고, 그렇게 하시라고 말했다.

우리 반 교실에 찾아온 최 선생님은 자신이 근무하고 있는 중학교의 장점을 열거했다. 그의 이야기를 한참 듣다가 이런 생각이 들었다. 그렇게 좋은 중학교라면 서로 가려고 난리일 텐데, 왜 이 먼 곳까지 와서 학교를 홍보하고 있는 걸까?

드디어 최 선생님이 학생들에게 마지막 이야기를 했다.

"여러분, 오징어 게임 잘 알죠? 우리 학교에서 이번 주 토요일에 오징어 게임을 해요. 우리 학교로 놀러 와서 오징어 게임에 꼭 참여하세요. 게임도 하고, 상품도 받고, 학교 소개도 들을 수 있어요."

주말 근무까지 불사하며 마지막까지 한 명의 학생이라도 더 유치하려는 그의 모습이 조금 안타까웠다. 최 선생님은 인사를 꾸벅하고는 교실을 나갔다.

그날, 수업을 마치고 ㅇㅇ중학교를 인터넷상에서 다시 검색해 보았다. 학교 소개를 보다가 깜짝 놀랐다. 전교생 수가 27명인 사립중학교였기 때문이다. 최 선생님이 우리 학교까지 직접 찾아오고, 최선을 다해 학교 소개를 했던 이유를 알 것 같았다. 그는 자신이 속한 학교에 신입생이 없어서 학교가 폐교되는 게 두려웠을 것이다. 작은 시골 마을에서 자연적으로 중학교에 입학하는 학생은 별로 없을 테니, 타 지역까지 와서 학생을 유치하려고 했던 것이다.

폐교를 걱정하는 전교생 27명의 사립중학교 선생님과, 학생 수가 1000명이 넘는 공립초등학교 교사인 나 사이에는 특별한 접점이 없었다. 하지만 그의 모습이 오래도록 잊히지 않았다. 자신이 속한 학교의 좋은 점을 보여 주려고 애쓰는 최 선생님의 모습이 우리 반 아이들과 학부모들께 좋은 모습을 보여 주려고 애쓰는 내 모습과 다르지 않게 느껴졌기 때문이다.

아이들과 학부모님께 좋은 모습을 보이려는 마음은 교원능력개발 평가 시기가 오면 더 커진다. 학교에서는 매년 11월에 학생, 학부모 만족도 조사를 한다. 교사에 대해 객관식, 주관식으로 평가를 하는 것이다. 평가 결과가 교직 생활에 직접적으로 영향을 주지는 않는다. 승진 여부를 결정하거나 성과급 지급에 영향을 주는 것도 아니다. 하지만 매년 학기 말에 누군가에게 평가를 받는다는 사실만으로도 긴장이 되었다. 그들은 나를 한 단어 또는 한 문장으로 평가했고, 그 말이 오래도록 기억되었다. 특히, 부정적이고 날카로운 말은 가슴 깊이 박혀서 오래도록 상처를 남겼다.

교원평가는 긍정적인 측면과 부정적인 측면을 동시에 갖고 있다. 평가받는 것을 생각하며 교사가 한 해 동안 아이들을 좀 더 열심히 가르치고 학부모에게도 좋은 모습을 보인다면, 분명히 긍정적일 것이다. 하지만 교사가 좋은 평가를 받기 위해서 노력하는 것이 긍정적인 면만 있는 것은 아니다. 아이들의 잘못이 명확하고 훈육이 필요한 상황임에도 평가를 의식해서 듣기 좋은 말만 한다면, 아이들의 교육에 도움이 되지 않기 때문이다. 물론 좋은 평가를 받는 것도 중요하겠지만, 그보다는 마땅히 해야 할 일을 하는 것이 더 중요하지 않을까?

저출산으로 인해 아동 인구가 줄고, 지방대학에서는 학생 충원에 어려움을 겪고 있다고 한다. 대학교 교직원들이 고등학교로 흩어져서 학교 홍보를 하고 학생 유치에 열을 올리고 있다는 소식을 접하며, 안타까운 마음이 들었다. 그런 이야기를 듣는 것만으로도 안타까웠는데, 눈앞에서 존폐 위기에 처한 중학교를 홍보하는 최 선생님의 모습을 보니 마음이 더 짠했다.

학교가 사라지는 일이 현실이 되고 있다. 이런 상황이라면 조만간 초등학교도 아이들과 학부모님이 학교와 담임교사를 직접 선택하게 될 것 같다. 그런 날이 온다면 나는 그들에게 선택받을 수 있을지, 두려운 마음이 든다.

하지만 그런 날이 오더라도 눈앞의 인기에만 신경을 쓰고 싶지는 않다. 인기 있는 교사도 필요하겠지만, 해야 할 일을 묵묵히 감당하는 교사도 필요하기 때문이다. 교사로서 해야 할 일을 하면서 필요하면 쓴소리도 아끼지 않을 것이다. 진심은 통하기 마련이다.

8.

박수 받으며
퇴장할 수 있기를

"교장 선생님께서 오십니다. 모두 박수로 맞아 주시기 바랍니다."

교장 선생님의 퇴임 행사에 참석한 사람들이 일제히 일어나서 박수를 쳤다. 박수에는 40년 가까이 교직에 헌신한 교장 선생님에 대한 존경과 감사의 마음이 담겨 있었다.

퇴임 행사가 끝나 갈 즈음, 오랜 시간 그와 함께 근무했던 선생님이 울먹이며 송사를 읽어 내려갔다. 송사를 듣고 있자니, 오랜 시간 아이들과 교사들에게 귀감이 되어 온 교장 선생님의 삶이 파노라마처럼 눈앞을 스쳐 지나갔다. 울컥해서 눈시울이 다 붉어졌다.

지금까지 학교에 근무하며 여러 선생님들이 퇴직하는 모습을 지켜봤다. 퇴임식에서 교사들이 아쉬워하는 것이 당연해 보이지만, 그렇지 않은 경우도 있었다. 얼마 전, 한 선생님의 자녀 결혼식에 초대되어 갔다가 퇴직한 교장 선생님 두 분을 만났다.

피로연장에 들어서자, 주변의 여러 선생님들이 수군거리기 시작했다.

"김한국 교장 선생님이 지금 오신대요."

"정말요? 그동안 어떻게 지내셨을지 궁금하네요."

김한국 교장 선생님이 나타나자, 사람들이 우르르 몰려들기 시작했다. 그와 인사를 하려고 찾아온 사람들이 워낙 많아서 대기 줄까지 생길 지경이었다. 나는 한참을 기다린 다음에야 교장 선생님에게 짧은 인사를 건넬 수 있었다.

그는 인품이 좋고 교사들을 배려하는 교장이었다. 현직에 있을 때 교직원들에게 많은 존경을 받았다. 나 역시도 그와 함께 근무하며 좋은 기억들이 많았다. 교내에서 마주칠 때면 늘 그가 먼저 반갑게 인사를 건넸다.

"고 선생님, 고생이 많죠? 항상 고맙습니다. 선생님이 학생들에게 항상 전심을 다하는 것 잘 알고 있어요."

그의 말에는 진심이 담겨 있었기에, 학교생활 내내 큰 힘이 되었다.

어느 날은 회식 자리에서 그에게 내 속마음을 이야기한 적도 있다.

"새로운 것들을 시도하고 싶지만, 그러다 실수를 할까 봐 걱정이 돼서 시도조차 못할 때가 많아요."

그러자 그가 빙그레 웃으며 말했다.

"고 선생님, 실수를 두려워하지 말고 선생님이 생각하는 것들을 학교에서 자신 있게 시도해 보세요."

그러고는 어깨를 친근하게 토닥여 주었다.

"실수해도 괜찮아요. 학교에 교장이 있는 이유가 그런 일이 생기면 수습하라고 있는 거죠. 선생님을 믿고 신뢰하고 있어요. 혹시 고 선생님이 실수해도, 다 책임질게요. 걱정하지 말고 자신 있게 하고 싶은 일들을 해 봐요."

그는 동료들을 배려하고 품어 주는 학교의 큰 어른이었다. 그가 온다는 소식에 선생님들이 앞다투어 달려갔던 것은 저마다 비슷한 기억을 갖고 있기 때문이었을 것이다.

잠시 후, 피로연장에는 이대한 교장 선생님도 나타났다. 그런데 그를 둘러싼 분위기는 딱딱하고 냉랭했다. 그와 함께 일했던 교직원들 중 누구도 그에게 먼저 인사를 하거나 말을 걸지 않았다. 혹여나 그와 마주칠까 봐 슬슬 자리를 피하고 눈치를 살피는 사람들만 있을 뿐이었다.

그는 현직에 있을 때에도 교사들이 기피하는 교장이었다. 언성을 높이며 지시를 하는 일이 많았고, 작은 일까지 꼬투리를 잡으며 교사들을 힘들게 했다. 그 때문에 전근을 간 선생님도 상당했다. 권위적인 교장으로 교직원들 앞에서 군림할 때는 그토록 당당했던 그였지만, 퇴임 후 모습은 한없이 초라해 보였다.

나도 언젠가는 학교 현장에서 퇴직하는 날이 올 것이다. 퇴직을 할 때 학생들과 동료들에게 어떤 이야기를 듣게 될까? 적어도 학생들과 동료들을 우연히 만났을 때, 그들로부터 외면당하는 사람은 되지 않았으면 좋겠다.

퇴임식 날 동료들로부터 진심 어린 박수와 인사를 받았던 교장 선생님의 모습과, 퇴임 이후 사적인 자리에서 동료들의 환영을 받았던 또 다른 교장 선생님을 떠올려 본다. 두 분의 모습이 오래도록 잊히지 않을 것 같다. 그들이 동료들의 진심 어린 존경을 받을 수 있었던 것은 40년간 최선을 다해 동료들, 학생들과 마음을 나누었기 때문일 것이다.

함께 근무하던 동료가 다른 학교로 전근을 가기 전날, 회식 자리에서 진심을 담아 작별 인사를 건넸던 기억이 있다.

"선생님께서 일을 항상 꼼꼼하게 잘해 주셔서 함께 근무하는 동안 참 좋았어요. 많은 도움을 받을 수 있어서 참 감사했고요. 다음에 또 만날 날을 기대할게요."

그랬더니 그 선생님에게서 이런 대답이 돌아왔다.

"칭찬해 주셔서 고마워요. 그런데 제가 일을 잘하는 동료로 기억되는 것도 기분 좋지만, 그보다는 동료들에게 따뜻했던 사람으로 기억되었으면 더 좋겠어요."

'따뜻했던 사람'으로 기억되고 싶다는 선생님의 말이 오래도록 기억에 남았다. 학교에서는 매년 만남과 헤어짐이 반복된다. 정든 학교와 함께할 수 있는 시간도 길어야 5년이다. 그렇기 때문에 교사라면 항상 헤어짐을 준비해야 한다. 항상 행복하게 헤어진다는 생각을 하며, 주어진 시간 동안 동료들과 따뜻하게 마음을 나눌 수 있었으면 좋겠다.

9.

평생 선생님의 꿈

많은 사람들이 교사를 단순히 지식 전달자 또는 보육 종사자로 생각한다. 교사에게 교과 지식을 많이 전달하라고 요구한다. 그리고 학생들을 안전하게 돌봐 주라고 한다.

교사로 살아가며 종종 서글플 때가 있다. 그건 바로 내가 감정 노동자라고 느껴질 때이다. 교사는 매일같이 아이들과 마음을 주고받으며 지낸다. 또한 각 가정의 학부모 마음도 헤아려야 한다. 교내 관리자의 눈치를 봐야 하는 경우도 있다. 여러 사람들의 마음을 생각하며 지내야 하기에 감정적으로 소모될 때가 많다.

그뿐 아니다. 학교 현장에서는 외부 민원이 갈수록 증가하고 있다. 담임교사로 지내다 보면 쏟아지는 민원을 처리하느라, 정작 아이들과 수업에는 온전히 마음을 쏟지 못할 때가 있다.

국어사전에 나오는 스승의 뜻은 '자기를 가르쳐서 인도하는 사람'이다. 내가 추구하는 교사의 역할이기도 하다. 말과 행동, 그리고 삶으로 학생들을 올바로 끌어 주는 스승 말이다. 교사가 되기를 꿈꾼 것도, 학생들의 삶에 긍정적인 영향을 줄 수 있을 것이란 생각 때문이었다.

최근 교사들의 모습을 보면, 이런 시각과는 거리가 있어 보이지만, 사람들이 인정하든 그렇지 않든 간에, 모든 교사는 교실이라는 공간에서 메시지를 전하는 메신저로 살고 있다. 오랜 시간 아이들과 붙어 지내면서, 말과 행동으로 자신만의 메시지를 전하고 있는 것이다. 어차피 메신저로 살아가야 한다면, '긍정적인 메시지'를 만들어 내고, 또 그 메시지를 효과적으로 잘 전달해야 하지 않을까? 많은 교사들이 어려움 속에서도 교직 생활에 보람을 느끼는 이유는, 바로 아이들에게 긍정적인 영향을 줄 수 있다는 점 때문으로 보인다.

그러면 퇴직 후 교사의 삶은 어떨까? 학교라는 공간을 통한 학생들과의 만남이 끝나면, 메신저로서의 삶도 끝나 버리는 것일까? 교사로 살아 본 이들이라면 주는 기쁨을 알고 있기에 메시지를 전하는 삶을 쉽게 포기하지 못할 것이다. 좋은 메시지들을 만들어 낼 수만 있다면, 또 자신이 갖고 있는 생각들을 효과

leeyoung

적으로 전달할 수만 있다면 퇴직 이후에도 주변 사람들에게 긍정적인 영향력을 끼치며 살 수 있을 것이다. '평생 교사'는 아마도 그런 것이 아닐까?

나는 평생 교사라는 새로운 꿈을 꾸고 있다.

'누구에게, 또 어떻게 메시지를 전달할 수 있을까?'

오랜 시간 고민을 했다. 고민 끝에 찾은 한 가지 방법은 바로 글을 쓰는 일이다. 글을 쓰면 시공간을 초월하여 많은 사람들에게 생각을 전할 수 있다.

평생 교사의 꿈을 꾸며 의욕적으로 글쓰기를 시작했다. 그런데 글을 쓰면서, 생각지 않았던 어려움에 부딪쳤다. 첫째, 주장을 명확하게 드러내야 했다. 어떤 글이든 글쓴이의 주장이 명확하게 드러나야 한다. 처음에는 갈등을 싫어하는 성향 때문에 주장을 내세우는 일 자체가 곤욕스러웠다. 어릴 때부터 생각이 많았지만 그 생각들을 말로 표현하는 것에는 서툴렀다. 친구들과 어울릴 때 내 생각을 애써 정리해서 주장하기보다는, 항상 누군가가 주장하는 말에 동조하는 편을 택했다.

"절대로 싸우면 안 돼. 싸우게 될 것 같으면, 차라리 양보를 해."

부모님께서도 내가 어릴 때부터 종종 이런 말씀을 하셨다. 부모님도 나도 갈등이 극도로 싫었다. 갈등 상황이 올 것 같으면 내 주장을 접고 양보하는 방식으로 그 상황을 회피했다. 이런 내가 글을 통해서 주장을 펼친다는 것은 결코 쉬운 일이 아니었다.

둘째, 타인의 의견에 흔들리지 않고 중심을 잡아야 했다. 블로그나 브런치에 내가 쓴 글을 공개하는 일은 즐거웠다. 그러나 글에 대한 사람들의 반응을 보는 건 즐겁지 않았다. 종종 날 선 댓글도 있었기 때문이다. 상대는 가볍게 던졌을지 모르지만 그 말이 큰 벽처럼 다가왔다. 수많은 선플보다 한 개의 악플에 전전긍긍했다. 글을 쓰는 중에도 독자들을 의식하기 시작하자, 글의 중심이 흔들리기 시작했다. 좋은 메시지를 준비하는 일도 중요했지만, 우선은 메신저가 흔들리지 않아야 한다.

아직 부족한 것이 많지만, 그럼에도 나는 평생 교사의 삶을 꿈꾼다. 묵상과 독서를 통해 묵묵히 선한 메시지를 준비할 생각이다. 또한 '나'라는 굳건한 메신저를 통해 긍정적 메시지를 전달하며, 평생 교사라는 꿈을 반드시 현실로 만들 것이다.

우리는 의도하든 그렇지 않든 간에 모두 각자의 자리에서 메신저로 살고 있다. 가족들에게, 직장 동료들에게 각자의 메시지를 전하고 있다. 메시지를 따로 준비하지 않아도 각자가 갖고 있는 태도, 표정, 분위기를 통해 메시지가 전달되고 있다. 그렇다면 우리는 어떤 메신저로 살아야 할까? 내가 꿈꾸는 메신저의 모습은 크게 세 가지이다.

첫째, 선한 메신저이다. 긍정적인 기운으로 주변 사람들에게 밝은 기운을 전해 주는 것이다.

둘째, 자기중심을 굳건히 지키는 메신저이다. 줏대 없이 상황에 따라 흔들리는 메신저가 아닌, 일관적인 메시지를 전하는 사람이 되는 것이다.

셋째, 자신의 삶뿐만 아니라 타인의 삶도 소중히 여기는 메신저이다. 특히, 소외된 이웃을 대변하는 메시지를 전하는 사람이 되는 것이다.

우리는 모두 좋은 메신저가 필요하다. 학교에서, 직장에서 각자도생하며 살고 있지만, 혼자서만 삶을 살 수는 없기 때문이다. 내가 먼저 좋은 메신저가 되려고 노력한다면, 나만큼 좋은 또 다른 메신저를 만날 수 있을 것이다. 우리 모두가 삶 속에서 묵묵하게 좋은 메시지를 전하며 살기를 소망한다.

10.

계획대로만 살 수 있을까?

"여보, 요즘 무슨 고민 있어요?"

아내가 물었다.

"내년에 몇 학년 담임을 맡아야 할지 고민이 되어서요."

"당신, 매년 이맘때 똑같은 고민을 하는 것 알아요?"

아내가 빙그레 웃으며 말했다.

돌아보니, 12월 말이 되면, 아내 말처럼 매번 비슷한 고민을 했다.

'괜히 유난 떠는 건가? 어떤 학년을 맡게 되든지, 잘 적응하고 즐겁게 지내면 될 텐데….'

하지만 더 치열하게 고민해야 나와 더 잘 맞는 아이들을 만날 수 있다는 생각도 들었다.

이전 해에는 처음으로 6학년 담임을 맡았다. 아이들이 다 착하고 예뻤지만, 그래도 6학년 담임교사의 무게와 압박이 있었다. 갓 사춘기에 접어든 아이들과 마음을 주고받는 일이 쉽지 않기 때문이다.

그렇게 6학년 아이들과 일 년이란 시간을 보냈고 학기 말이 되었다. 다음 해에는 몇 학년을 맡고 싶은지, 또 어떤 업무를 하고 싶은지 조사했다. 나는 희망 학년에 6학년이 아닌, 다른 학년을 적어서 제출했다.

이듬해 2월 말에 새 학기를 앞두고 학년 배정 발표가 있었다. 6학년 담임교사를 지원하지 않았기 때문에, 다른 학년을 맡을 것이라고 생각했다. 설마 다들 기피하는 6학년 담임교사를 또 배정받진 않겠지?

잠시 후, 1학년부터 담임 발표가 시작됐다. 편안한 마음으로 이름이 호명되길 기다렸다. 그런데 아무리 기다려도 이름이 호명되지 않았다. 왜 이름이 없는 거지?

불안한 마음이 들었다. 한참 후에, 이름이 불렸다.

"후…."

한숨이 새어 나왔다. 또 6학년 담임이었다. 망치로 머리를 세게 얻어맞은 듯 멍했다. 6학년 아이들과 또 한 해를 보내야 한다는 생각에 눈앞이 캄캄해졌다. 작년에도 올해도 분명히 6학년을 지원하지 않았다. 두 번이나 나의 의사와 다르게 6학년을 맡게 되어 속상했다. 인사위원들을 찾아가 따져 묻고 싶었지만 참았다. 공식적으로 확정된 사항을 바꾸기도 어려울 뿐 아니라, 내가 다른 학년으로 이동하면 누군가는 자신의 의사와 다르게 6학년 담임을 맡아야 하기 때문이었다.

시간이 흘러, 당시 인사위원이었던 부장교사를 통해 왜 내가 6학년을 맡게 된 것인지 알게 되었다.

"고 선생님은 처음에는 다른 학년에 배정되어 있었어요. 그런데 가만히 살펴보니, 6학년에 경력이 적은 선생님들밖에 없더라고요. 6학년 담임 경험이 있으면서, 학년에서 중심을 잡아 줄 선생님이 필요하다고 생각했어요. 그래서 고 선생님을 6학년에 넣어 달라고 인사위원회 선생님들께 특별히 부탁을 드렸어요."

비록 피하고 싶었던 학년이었지만, 학교의 상황, 학년의 상황을 고려한 결정이었다는 말에 수긍이 되었다. 무엇보다 내가 필요해서 나를 6학년에 배정했다는 말에 내심 기분이 좋았다.

새로운 6학년 아이들과 보낸 그해는…. 그런데 참 이상했다. 6학년인데도 아이들이 유난히 차분하고 순했다. 3월에만 해도 아이들이 눈치를 보느라 조심하는 것이라고 생각했다. 하지만 시간이 지나도 아이들의 모습은 변함이 없었다. 지금까지 교직생활을 통틀어 나와 가장 잘 맞는 아이들이었다.

또한 6학년에는 마음이 따뜻한 선생님들과 배려심 깊은 학년

부장 선생님이 있었다. 우리 반 학부모님들도 나를 믿어 주고 학급 운영에 적극적으로 협조해 주었다. 더 바랄 것이 없는 최고의 조합이었다. 만약 올해 6학년 우리 반을 맡지 않았다면 얼마나 안타까웠을지 아찔했다.

계획한 길이 가장 좋은 길은 아닐 수도 있다. 나의 삶 또한 계획과 무관하게 흘러온 적이 많다. 대도시의 큰 학교에서 근무하기를 원했지만, 지방의 작은 마을, 전교생이 11명인 조그만 학교에 첫 발령을 받았다. 발령 첫해에 본가 근처로 돌아가고 싶어서 교사 임용 고시를 다시 봤다. 그런데 마지막 관문인 3차 시험을 일주일 앞두고 갑자기 큰 병이 났다. 시험을 끝까지 치를 수 없었고, 그대로 지방에 남게 되었다. 모두 나의 계획에는 없던 일이었다.

당시에는 이런 일들이 당황스럽고 받아들이기 힘들었다. 하지만 시간이 지나고 나니, 각각의 사건에서 의미를 발견할 수 있었다. 삶이 계획대로만 흘러갔다면 어땠을까? 마음만 먹으면 모든 일을 내 뜻대로 이룰 수 있다는, 그런 오만한 마음이 생기진 않았을까? 그랬다면 지금처럼 하루하루 주어진 삶을 감사하게 여기지도 않았을 것이다.

우리가 아무리 철저하게 계획을 세워도 삶은 생각과 다르게 흘러갈 수 있다. 갑자기 생각지도 않은 일이 생기고, 또 계획과는 다르게 일이 진행될 수 있다. 그래도 너무 불안해하지는 않았으면 좋겠다. 분명 새롭게 주어진 길 안에도 또 다른 보물이 숨겨져 있을 것이기 때문이다. 그러니 여유를 갖고 새로운 길을 즐겨 보면 어떨까?

삶은 예측할 수 없는 일로 가득하다. 당장 오늘 어떤 사람을 만나게 될지, 어떤 일이 일어날지 예측할 수 없다. 미리 대비한다고 해서 모든 것을 통제할 수 있는 것도 아니다. 모든 일이 예측 가능하고 통제 가능하다면 삶은 매우 단조롭고 따분할지도 모른다.

해마다 우리의 계획과는 다르게 다양한 일들이 일어난다. 예측하지 못한 상황에서 뜻밖의 재미와 삶의 의미를 발견한다면 삶은 더욱 풍요로워진다. 그러므로 우리가 미래에 대한 막연한 불안함과 두려움으로 소중한 시간을 그냥 흘려버리지 않았으면 좋겠다. 여유로운 마음으로 새로운 상황도 즐길 수 있기를 바란다. 내가 6학년 아이들만은 피하고 싶었지만, 결과적으로 그 아이들과 최고의 한 해를 보냈던 것처럼 말이다.

해가 바뀌고, 2월이 되었다. 마찬가지로 비슷한 걱정과 고민을 하자, 아내가 말했다.

"이제 더 이상 걱정하지 않기로 하지 않았어요? 작년에도 계획과 다르게 6학년을 맡았지만, 멋진 한 해를 보냈잖아요."

그럼에도 몇 학년을 맡게 될지, 또 어떤 아이들을 만나게 될지 두렵고 떨렸다.

이번에는 몇 학년을 맡게 되었을까? 올해도 계획과는 다르게 또 6학년을 맡게 되었다. 6학년 담임을 3년째 맡게 된 것이다. 불안하고 두려운 마음이 쉽게 가라앉지는 않았지만, 눈을 감고 작년 한 해를 천천히 되돌아보았다.

'그래, 작년에도 처음엔 마음이 어려웠어. 그래도 마지막엔 정말 좋았잖아!'

새로운 길을 가는 나에게, 또 비슷한 처지에 있는 사람들에게 두려워하지 말고 새로운 한 해도 힘을 내라고, 조심스럽게 말하고 싶다.

"비록 당신이 계획한 대로 되지는 않았지만, 올해도 멋진 한 해가 될 거라고 확신해요. 힘내요."